关山路迢迢

张元海 题

关山路迢迢

孙金岭 著

九州出版社

图书在版编目（CIP）数据

关山路迢迢 / 孙金岭著. -- 北京：九州出版社，2023.12（2024.10 重印）

ISBN 978-7-5225-2527-3

Ⅰ.①关… Ⅱ.①孙… Ⅲ.①报告文学-中国-当代 Ⅳ.①I25

中国国家版本馆 CIP 数据核字（2023）第 237044 号

关山路迢迢

作　　者	孙金岭　著
责任编辑	高美平
出版发行	九州出版社
地　　址	北京市西城区阜外大街甲 35 号（100037）
发行电话	（010）68992190/3/5/6
网　　址	www.jiuzhoupress.com
印　　刷	鑫艺佳利（天津）印刷有限公司
开　　本	880 毫米 × 1230 毫米　32 开
印　　张	9.5
字　　数	180 千字
版　　次	2024 年 3 月第 1 版
印　　次	2024 年 10 月第 2 次印刷
书　　号	ISBN 978-7-5225-2527-3
定　　价	89.80 元

★版权所有　侵权必究★

无限关山，岁月路迢迢（代序）

孙金岭

（一）

在我的印象中，爷爷、奶奶一直是神秘且传奇的人物。

小时候，我只知道父亲是个孤儿。父亲13岁时，俺祖母就因病撒手人寰，我爷爷则杳无音信。正因为如此，在父亲参加工作的30年间所填写的各种履历表上，有关"家庭成员"一栏中的"父亲"后面总是以"下落不明"加以备注。1987年夏，突然从台湾传来消息，我的爷爷不仅活着，而且在那边还有个完整的大家庭，有妻子和二子四女。

父子俩离别整整50年之后，竟然还能再次互通消息，海峡两岸的亲人喜出望外，都很激动，也都想知道彼此分离后的漫长日子是怎么过来的。两岸实现"三通"之前，父亲两次前去台湾探亲，叩见了自己的父亲大人。父亲第一次去是在1989年的初夏，第二次则在1995年秋。那年月台湾老兵回大陆寻亲走访的多，而大陆亲人能去台湾探亲的却屈指可数，父亲能两次登岛探亲，实属幸运。对此，爷爷曾在跨海的长途电话中,自豪地对我说过,这都是因我大姑父的多方运作,他在台湾军界工作多年,人脉广得很。

许是长幼有序,不敢造次,抑或是分别太久,难言心声,父亲回来之后对爷爷和台湾的奶奶过往的述说,总是显得七零八落,杂乱无序。父亲一辈子胆小怕事,谨言慎行,就连对两位母亲的称呼,都表现得格外小心。他说起自己的亲生母亲,常用"俺娘",对于台湾的继母,则像叔叔姑姑们那样,叫作"妈妈",而跟我们这些儿子们提起,则用"你奶奶"代指前者,用"你台湾的奶奶"表示后者,两位母亲在他心中有着清晰的区分和情感的界定。

我一直没能亲眼见过我爷爷和我台湾的奶奶,只与他们有过一些电话与书信的沟通,可每当问及过往时,爷爷奶奶总会把话岔开,不愿多谈。那两位只闻其声、未见其人的长辈,虽只隔着一道浅浅的海峡,却始终像个讳莫如深的谜一般存在心里。

当然,我更没有见过父亲的娘,连她长什么样都不知道。尽管不止一次地听父亲提到过,尽管我的血液里传承着她的基因,但对我来说,那位女性却始终是一个极其模糊的存在,至今虚幻得让人无法言说。

2003年,爷爷在台湾病故,辞别了他生活了92年的纷繁世界。奶奶在此后的两年多时间里,将他们相濡以沫60多年的苦难经历撰写成书,洋洋洒洒近20万字,并亲自起了个温暖的书名,叫《熬到梅花扑鼻香》。奶奶对台湾的叔叔姑姑们说,书中所述皆为自己的亲身经历,绝无半点虚言。叔叔姑姑们将书稿送交出版社时,只提出了两个要求,一个是要尽快出版,另一个是要原汁原味。

可惜,2007年7月31日,书还没有付梓,奶奶便溘然长逝,追随爷爷而去,享年82岁。叔叔姑姑们说,奶奶走时很安详,她说:"我想要的都有了,我的美梦成真了。追寻了一辈子,满足了。"

奶奶去世一周年后,《熬到梅花扑鼻香》一书得以印刷。叔叔姑姑们专程回大陆,送给了父亲和我们兄弟五人一人一本做纪念,令人颇感意外的是,它总共也就印了50本。

(二)

奶奶的这本自传是竖排繁体字格式,这让体弱多病、老眼昏花的父亲很不习惯,难以独自品读,所以都是我们几个儿子看过之后,偶尔就书中的某些细节有感而发,跟他进行一些交流。每逢于此,父亲都显得很亢奋,眼里泛着光,说起来滔滔不绝。

看得出来,父亲对爷爷奶奶的身世讲述很是在意。尽管在奶奶的这本书里,只出现过三次父亲的名字,但在父亲的心中,却一字千钧。在父亲看来,奶奶的自传,无疑就是一部以爷爷奶奶为血脉的家族史，具有传代的价值与醒世的意义，里面有他，哪怕是只提到三次，也意味着他以及他的子孙为孙家延续香火，得到了自己继母的认可与肯定。还有什么能比这更让父亲感到欣慰的呢？

我多次拜读过奶奶的书。每次捧读80多岁的老人一字一句、呕心沥血写成的自传，那动乱时代下一对小人物的爱恨情仇、悲欢离合，便会扑面而来，直抵内心。尤其是他们夫妻俩在抗战中艰难困苦、九死一生的经历，跌宕起伏，荡气回肠。印象中爷爷奶奶支离破碎的神奇过往，最终得以被完整串联起来。而随着岁月的流逝，那一个个曾经模糊而遥远的亲人身影，变得清晰起来，越来越真切，那一件件令人百思而不解的家国事件，也由此得以被梳理还原，拨云见日。

2019年7月，也就是标志着抗战全面爆发的"七七卢沟桥事变"82周年前后，我根据奶奶《熬到梅花扑鼻香》一书的真实所述而撰写的中篇纪实文学《我爷爷奶奶的抗战与爱情》，终于得以完成。父亲在血缘情感上那种微妙而细腻的称谓方式，给了我极大的启发。为在文中清晰地表达人物之间的关系，我把父亲的亲娘，也就是爷爷的原配，称为"俺祖母"，对父亲的继母，也就是爷爷的太太，仍沿用这些年来习惯性的叫法，叫作"奶奶"，以示对历史与现实的尊重。

（三）

平心而论，我应该一鼓作气，接着完成《我爷爷奶奶的内战与亡台》的撰写，以完整地梳理爷爷奶奶的传奇一生，为自己以及后人留下一部清晰而翔实的国难家史。但不知为何，几次提笔都难以落字，悲苦之情充溢心中。

如果说抗战中，军人爷爷和军眷奶奶是出生入死、历尽艰险的话，那么他们在内战中的经历则悲怆而哀伤，更加惊心动魄，令人不堪回首。其实，奶奶书中有关爷爷奔赴前线参加国共内战的讲述只有22页，充其量不过14000多字，但就是这极其简练的讲述，把我带回了两个年轻人一生最黯淡的历史场景之中。那个动荡不堪、波诡云谲的时代扑面而来，真实地浮现在眼前，让我在时隔70多年后的今天，依旧难以平静。

在那段令人不堪回首的历史中，命运之神一次次地把爷爷奶奶推到了地狱门前，却又一次次地把他们从死亡线上拉了回来，最终使他们死里逃生，开启了另一段背井离乡的艰辛生活。每一次品读奶奶书中的讲述，都像是经历了一次人生的炼狱，那战争的残酷、生命的脆弱以及人性的善恶，无时无刻不在撞击着灵魂，拷问着内心，让人始终不敢面对，更无法淡定。我真不知该以怎样的一种心情与角度，去重温他们所经历的万千苦难，去审视他们当年对生与死做出的抉择。

  2020年的春节前后，一场突如其来的瘟疫席卷大地，人们闻之色变，避之不及。我属兔的，胆子本就小，加之AB血型人特有的敏感，一股悲苦而绝望的情绪顿时在心中弥漫开来，整个人如惊弓之鸟，惶惶不可终日，似乎每天都在面临着生与死的考验。对生的渴望，对死的畏惧，让人在恐慌中越发胡思乱想起来，这天马行空、漫无边际的思绪最终停留在了爷爷奶奶身上。

  在国共内战中，爷爷奶奶这一对如蝼蚁般的小人物，那时的心情和处境会是什么样的呢？他们对于生死又是怎样的一种考虑与选择呢？会不会也像我今天的反应这般敏感而脆弱呢？如此想来，竟然有了一种莫名的冲动，躲进小楼，走笔开题，一发而不可收，最终完成了《我爷爷奶奶的内战与亡台》的撰写，它与《我爷爷奶奶的抗战与爱情》共同构成了今天《关山路迢迢》一书的全部内容。（书中凡未做注释的引文，均出自《熬到梅花扑鼻香》一书。）

  全书初稿完成后，台湾的叔叔姑姑们对此又惊又喜。帮助奶奶整理书稿、校对出版的三姑就无比感慨地说道："多亏有金岭这么用心地梳理、求证和完善。过去的很多事情，我们倒是听你爷爷奶奶聊起过的，不过那都是不经意间偶尔提起了，他们就只言片语地给我们兄妹几个叨念两句，至于详细的来龙去脉我们其实并不都很清楚的。奶奶书里叙述的，肯定都是她跟爷爷亲身经历的事情，但没有想到里面会有那么多复杂的背景，那么多的悲壮故事，让人读了真的很震撼，鼻子酸酸的。生活在战乱苦难的年代，是爷爷奶奶那辈人的悲哀，只是这些家与国的历史，以前很少有人告诉过我们，也极少有这类书可读——金岭啊，你爷爷奶奶他们真的不容易，他们不同寻常的过往经历需要被梳理清楚，更需要被老孙家的后代子孙记住呢！"

（四）

至今，我都记得写作时的那种特殊心境。恐慌暂时减轻了，瘟疫似乎远去了，生与死也随着窗外那漫天飞舞的雪花而变得模糊了些许，满眼浮现的都是爷爷奶奶那惊悚绝望的面容，以及他们奔命求生的悲怆。

翻遍一页页由爷爷奶奶那不堪回首的亲身经历而撰写的追忆，不由得无限感慨起来，越读越沉重，越写越困惑。那烽烟往事，那字里行间，从头到尾写满了两个字："生"与"死"。

记得年轻时读莎士比亚的《哈姆雷特》，对主人公发出的那句"活着，还是死去，这是个问题"的感慨，很不以为然，心想：这难道还是个问题吗？然而今天再来看，已经没有了半点的年少轻狂。

人在世间，就是在这"活着"与"死去"之间不停地选择与转换，或者死里逃生而苟活，或者生无可恋而死去，沧海桑田、生离死别注定了是人这一辈子全部的内容，难道除了这自然的法则之外，还会有其他什么异样的结局吗？

但是怎么活着，又将如何死去，这的的确确是个大问题。

400多年前，莎翁面对人生的苦短，进行苦苦思索之后所发出的这句无奈浩叹，令无数后人心头一震，掩卷长思，但始终众说纷纭，成了一个世间无解的命题。当年爷爷奶奶穷其一生，赌上信仰、青春，甚至是身家性命，也想找到其中的答案，可最终只能将之归于命运，寄望苍天，真可谓"天长路远魂飞苦，梦魂不到关山难"。

我对究竟该如何活着，该如何死去，也是一知半解，不敢妄言。我只知道，肆虐的瘟疫迟早要被战胜，在不远的时日，人们的脸上一定会再次绽放出绚烂的笑容，山河锦绣，生命无虞，国家强盛，人民幸福。

同样，历史也终究会被拂去岁月的浮尘，露出它本真的面目，坦然示人，让我们不忘这个民族曾经有过的苦难，记住自己先辈曾经经历的艰辛，阻止人间悲剧的再次发生，更加珍惜今天来之不易的和平与幸福，也更加坚信骨肉同胞血浓于水，不可分离，国家统一大势所趋，不可阻挡。

一

1913年2月4日，中华民国参众两院复选大致尘埃落定，孙中山领导的国民党在870个席位中，获得392席，一举成为国会的第一大党。这一事件标志着无数立宪派和革命者都梦寐以求的美欧政权体制开始在中国正式实施，由此中华民国在它成立的第二年之际，迈进了一段多党竞争、民众投票、议会选举的所谓"国会时代"。

这场举世瞩目的议会选举结束23天之后，也就是1913年的2月27日，在河北景县一个叫南吴庄的普通农户人家里，一个男孩呱呱坠地，来到了人世间。这个新生儿，就是我爷爷。

我的曾祖父孙福昇，当时知不知道清朝政府早已被推翻、中华民国进入了"国会时代"，我无法判断，但这个儿子的出生日子为癸丑年正月廿二，他却记得格外清楚，并且冥思苦想一番之后为其取名"孙彦波"。

爷爷他们兄弟有三人，大爷爷孙彦彬，三爷爷孙彦圣，爷爷在家排行老二。兄弟三人名字中，都带有"彦"字，意为有才华、德行的人，这是按照祖上家谱中的辈分排序而来,还是曾祖父自己选定的中意之字,没有人说起过,我也无据可考。不过细细琢磨之下,倒是惊讶地发现,曾祖父当时面对着那个粉嫩的骨肉,取名为"波",真是有些先见之明。"奔波""波折""波波劫劫""渡尽劫波"……一个"波"字,竟概括了爷爷的一生一世。

有关爷爷年轻时的经历,父亲在世时,对我们讲得极少,当然他那时还小,自己也记不清楚。倒是在奶奶的《熬到梅花扑鼻香》一书中有过提及,那是爷爷晚年的一段回忆,大约有1200字。尽管字数不多,但信息量却很大,它构成了我了解爷爷30岁以前人生轨迹最重要的史料。

书中说,爷爷不仅有名,还有字为"松涛"。"孙彦波"这个名,父亲在心中默念了一辈子,但是"松涛"这个字,他却从不知道,是第一次听说。在那个年代,人若有名有姓还有字,应该是种身份的象征,即便不表示出自书香门第,起码也算是个有讲究的庄户人家。

有一次曾与父亲谈论起这事,父亲一脸的茫然。在他的印象中,自己的大伯、三叔就没有过什么字:"咱家那时候就是个做小买卖的庄户人家,在村里开着个小粉坊勉强糊口过日子,你老爷爷孙福昇,他倒是识几个字,但也没多高的文化,谈不上什么讲究。那也许是你爷爷出门在外给自个儿起的字呢。"

老家景县,是西汉大儒董仲舒的故里,受其影响,千百年来当地百姓一直有"耕读传家"的习俗。我那识字的曾祖父,让我爷爷从小就读了书,去接受新思想。仅此一点,就可看出曾祖父对爷爷是十分偏爱的,因为爷爷的两个亲兄弟则在庄稼地里忙农活,当了一辈子的"睁眼瞎",大字不识一个。至于爷爷读的是乡村私塾还是县立公学,则无人提及,我也无从知晓。

反正爷爷从小有文化,字也写得漂亮,且极其喜好武术,猴拳、太极拳,还有醉拳,样样精通。12岁那年,爷爷还练过奇门遁甲。爷爷说:"拳术,老师会教,学奇门遁甲,老师不教,说怕出危险。我半夜里到一口井边上,看着书照着练,看灵不灵。结果呼气吸气练功,忽然听到那井里像千军万马奔驰,那井水好像要飞上来似的。我害怕,赶快跑了,不敢练了。等长大了再练,就怎么样也练不来了。"

尽管倾全家之力供爷爷读了书,可在曾祖父心中,爷爷却始终是个"野孩子"。这个"野孩子"15岁那年,果然做出了一件惊天动地的大事情。1928年,他跟家人连招呼也不打,就独自一个人跑出去,成了西北军里的一名"娃娃兵"。

"那个时候,西北军有读书的士兵非常少,我报到后就叫我当少尉书记官。后来上面知道我的拳术不错,就要我当士兵的上尉教练。后来西北军垮了,我就跟着垮了。"想象得到,爷爷对奶奶讲这段经历时的表情,一定是既自豪也惋惜。

很显然，爷爷投奔的西北军是冯玉祥麾下的部队。起先看到这段时，我心中一直纳闷，河北景县地处冀东，与山东德州接壤，爷爷怎么会翻山越岭地跑到西北当兵去了？后来查找百度百科等资料才明白，西北军主要指的是清朝末年、中华民国初年在中国西北地区发迹的军队，其得名于1919年，即由原计划参与第一次世界大战的"中国参战军"改编而成的"西北边防军"。人们当年习惯上所称的西北军，主要指的就是冯玉祥统帅的"国民军"。

西北军虽然主要活动在陕甘宁等地，但当时冀东北及整个山东皆属于冯玉祥的势力范围。据史书记载，北伐时期，国民革命军主要有四个集团军，分别是蒋介石的第一集团军、冯玉祥的第二集团军、阎锡山的第三集团军和桂系李宗仁及白崇禧的第四集团军。1927年冯玉祥所部渡过黄河，参加第二次北伐，并占领了天津。到二次北伐胜利结束之时，西北军已有12个师的规模，共计22万多人，整体实力不容小觑。

爷爷一个15岁的青年学生想投笔从戎，就近入伍则属一种自然的选择。从当时的时局来分析，爷爷可能一当兵就赶上了"蒋冯战争"。

北伐成功后，由于裁军问题，冯玉祥与蒋介石产生了尖锐的矛盾，最终导致1929年蒋、冯双方兵戎相见，大打出手。但由于军阀阎锡山、韩复榘、石友三等人被蒋介石收买，先后叛冯投蒋，孤立无援的西北军在这场蒋冯大战中很快落败。1930年5月，卷土重来的冯玉祥率领西北军参加了中原大战，这次是他与阎锡山、李宗仁等军阀联合起来，共同对抗蒋介石，可惜结局跟之前如出一辙。

从爷爷简短的讲述中看，其所言的西北军之"垮"，应该是彻底的垮败，它不仅仅是一场局部战役。而从时间上来推算，爷爷提到的那一战，当为1930年8月间发生在津浦线上的鲁西之战，因为那里离老家不太远。此役，西北军在济南的得而复失，成了整个中原战局的转折点。两个月后，这场中国近代史上规模空前、异常惨烈的军阀大混战，最终以蒋介石化险为夷、冯玉祥兵败下野而暂告一段。中原大战后，冯玉祥惨淡经营20余年的西北军就此完全瓦解崩溃，不复存在。

随着西北军的垮掉，爷爷的第一次人生搏击以出师未捷而宣告结束，但他却从此给自己在故土留下了一支血脉，繁衍生息，绵延至今。对于父亲和我们而言，此乃有幸，也是命中注定。

保全了小命的爷爷，无处可去，只能寻家奔逃，一路上血雨腥风，惊悚不绝。"路上人家抓逃兵，把我抓去。我又带着一个他们抓来的老百姓偷跑回家。先回的他家，他家感激我把儿子送回家，给我做了一套便服，就是老百姓穿的衣服，又送我十块现大洋，我才能回到自己的家。"没死在战场上，已属万幸，被抓了逃兵还能安然脱身，顺利返乡，这个过程该有多么曲折与刺激啊！可惜爷爷除了上述几句轻描淡写，再没任何信息留下，只能让人产生无限的遐想。

回家后，爷爷奶奶、爸爸妈妈都骂我不孝。妈妈对我说："儿想娘啊，是一根线，线再长也有尽头。娘想儿呀，像是路，永远想不完。早也想，晚也想，天天想，盼到你回来，我比谁都高兴。儿呀，你不要再离开家了好吗？"爸爸问我："不孝有三，然后呢？"我说："无后为大。"爸爸说："对了，你这回一定要给我待在家里，给我生了孙子才能走，否则你不能走，你是个野孩子，出去玩就忘了回家，连家都不要了。你还是个孙家的子孙吗？"我走不了，只好努力生孩子。第一个是个女孩，叫小苹。不算，要生男孩子才算。后来生了镇江，我才能离开家，到铁路警察教习所受训，当铁路警察。

爷爷第一次做人夫为人父，竟然说得如此简单，尤其对那个帮他完成了传宗接代这件家族大事的女人提也没提，哪怕用"她"指代一下都不肯，真可谓惜墨如金，亦讳莫如深。

但是那个为他生儿育女的女人，却从此为他背负了沉重的感情债，至死都没还完。

二

俺祖母,也就是那个我的血液里至今延续着她的基因的亲奶奶,出身于河北景县青兰村的一个王姓人家,距离南吴庄村有十几里地远。她上有三个哥哥,下有两个弟弟,在家排行老四,从小就是父母的掌上明珠。

王家在青兰的集镇街面上,开有一间门面不小的馃子铺,做油炸食品的买卖,并在景县县城和天津卫开有分号,家境绝对好过爷爷家。1947年秋天,景县解放后随即开始大规模的农村土改运动,以占有的土地和其他生产资料为标准,划分"阶级与家庭出身",彼时王家虽已家道衰落,但仍被定为"地主",而爷爷家则是"下中农",这一点便足以证明两家经济实力上的差距。

按照门当户对的常理而言,俺祖母出自这么殷实的家庭,是不应该下嫁给爷爷的。但从爷爷的讲述中看,整个提亲娶媳妇的过程似乎很平常,俨然是件轻松而自然的事儿。其中的缘由,我猜想可能就是爷爷有文化的优势,起到了关键性的作用。加之爷爷英俊硬朗,小小年纪就已在枪林弹雨中经受了生死考验,其言谈举止一定显露出了见过世面的老到做派，与那些农家后生们形成了巨大反差，王家长辈因而最终决定把自己的宝贝女儿屈尊下嫁。

青兰村，我不陌生，无论是小时候还是长大之后，曾多次去过。这是个依托石德铁路线建有车站的大集镇，交通便利，人口密集。一些健在的老人对当年的王家仍有些许的记忆，提起俺祖母的父亲，也就是我的曾外祖父，他们说他叫王寿明，在族中同辈中排行老九，人称九爷，是四村八庄出了名的"大善人"。

善人，那就是仗义疏财、乐善好施呗。想必有此秉性的曾外祖父见到我爷爷这样胆大侠气的后生，认定其日后必有一番作为，从而心生欢喜，愿意招为东床快婿，这也是一种合理的可能。

不管怎样，反正俺祖母就梳妆打扮一番，在吹吹打打的喜庆声中坐上花轿，来到了南吴庄，过门成了老孙家的二儿媳妇。从爷爷讲述的时间前后来看，这门亲事的整个过程的确很顺利，双方大人一拍即合，没费什么周折。我父亲出生于1933年，而之前他还有个姐姐小苹，以此推算，爷爷娶亲最晚也应该在1930年年底，那正是他逃亡归来不久后发生的一件人生大事。

这是一桩由父母之命、媒妁之言撮合而成的普通婚姻。但是很明显，爷爷在其中完全是被动的，他甚至感到有些突兀，没有丝毫的心理准备，对俺祖母更谈不上有什么男女情感。只是他的目的一直很明确，正如他回忆中所说的，就是"努力生孩子"，一旦这个目的达到了，他就要不管不顾地离开，去寻找属于自己的那方世界。他再次离家出去做铁路警察这件事，家里是无人知道的，他在哪里做的警察，也从没告诉过家人，反正一走就是三四年，音信全无。

我一直猜想，促使爷爷心无旁骛地再次离家出走，除了他接受了那个时代民主与自由的新思想教化，拥有"少年心事当拿云，谁念幽寒坐呜呃"的豪情之外，一定还有对平淡婚姻的无奈，以及对束缚自由的生活的反抗。在军阀部队里有过两年多"娃娃兵"经历的爷爷，过不惯被父母管教的封建式家庭生活，这让人容易理解，关键是俺祖母也让他不愿忍受的原因又是什么呢？

据父亲的描述，俺祖母个子不高，样子很瘦，其他的便没多谈。倒是我听大爷爷的女儿、比父亲小三岁的堂姑提起过，说年轻时的俺祖母性格属于绵绵善善的一类，说话嗓音不大，人长得齐整，模样也端正，在村里的媳妇中算得上是个"清秀人儿"。

我一再问她，俺祖母模样上有啥缺点，她想了又想，最后才说："她死的时候俺还不大，也就八九岁上，好多事记不得了。好像，记得她脸上有一些小黑痣，不过不细看看不出来。那年月，乡下人没钱买胭脂，这要搁现在，稍微捯饬捯饬就一点也看不到的。"

"那我爸长相上哪点最像她呢？"堂姑听我这么问，立刻毫不犹豫地说："鼻子和嘴。"

父亲的鼻子很笔挺，嘴也周正，那个标准的英俊男子长相是我们兄弟五个没有一个可以超越的。人都说儿子随娘。俺祖母的模样应该很好看，虽然谈不上是出类拔萃的俊俏，但也一定能拿得上台面，否则以爷爷的血气方刚，他是断然不会跟一个既没感情又相貌平平的女人，在三年之内生下一对儿女的。

既然不是长相问题，那就是心灵了。俺祖母不识字，还裹了一对小脚，并且按照当地"女大三，抱金砖"的传统婚俗，她还比爷爷大三岁。俺祖母生性柔善，不爱多说，对爷爷言听计从，一点也没有大户人家的小姐脾气。而这些在当时村民眼里标准的贤惠品德，在"野"惯了的爷爷心中却成了窒息他青春活力的羁绊，他要摆脱索然无味的日子，去外面呼吸新鲜而刺激的空气，寻找属于自己的生活。

这样想来，真是让人忍不住长叹一声——唉，这现代文学中常有的经典桥段，怎么竟然也会在我们如此普通的人家里出现了呢？

民国二十六年六月底回家，见不到女儿小苹。我问："小苹呢？"一家人都哭了，只有三岁的堂妹告诉我说小苹死了，我说："死了就算了，哭有什么用？哭也哭不活。"到七月七号我离开家，三弟送我到德州，我骑马，三弟骑驴。到了德州后，我上火车前给了三弟一块银圆，他骑着马牵着驴回家。我在火车上看报，得知抗日战争起来了，从此我和家人除了镇江外，都永别了。

爷爷讲到的这件事，父亲有印象，那年他四岁，刚开始懵懵懂懂地记事："你爷爷个子很高，感觉站在我面前像棵大树一样，看不清他长的吗样儿，一直到他骑着大马走也没看清楚。"这个高大而模糊的身影，就此成了他心中的父亲形象，一直无法辨识，也难以改变，直到整整 51 年过去，他只身前往台湾探亲，那个人与影子才得以重叠，清晰地展露出来。

读爷爷这段与家人生死离别的述说，我在"一家人都哭了"这句话前，眼含热泪地停留了许久，越咀嚼越觉得爷爷的表达真是太讲究了。

很显然，这是爷爷在跟着自己一辈子出生入死的老伴儿面前，追忆曾经有过的敏感身世，虽有老两口晚年树下闲聊、无话不谈的语境，但他为了顾及奶奶的感受，还是下意识地回避了提及自己的原配。其实，即便他不明说，我想，奶奶听后也会想见，那些哭的人不一定是"一家人"，可能只有俺祖母。即便是一家人都哭了，那哭得最伤心、最难受的也一定是俺祖母。这是人之常情，也是痛失女儿的母亲一种自然流露，奶奶对此一定会感同身受。

而爷爷豁达地宽慰一家人的话，怎么看都更像是他对俺祖母讲的。即便爷爷不承认这一点，那我也会固执地这么认为，且坚信那是他穿越时空，对俺祖母最后说的心里话。一个曾为他心甘情愿地生下一对儿女，并且为他守着活寡直到病死的女人，爷爷怎么会不给她留下只言片语呢?!

当然，通过上述的情节，爷爷的铁骨柔肠、胆大心细，也得以充分呈现，让人一览无余，且越到晚年越发地明显。这种性格与生俱来，符合爷爷的一贯风格。他迎着日本鬼子的咆哮与屠刀，义无反顾地踏上救国图存的道路，浴血奋战，勇往直前，从没有畏惧胆怯过。同时，他也将自己包裹得极其严实，绝不提及他去哪儿了，更不言说他干着什么，生怕兵荒马乱之时，家人因他而遭受牵连，节外生枝。其决绝可见一斑。

那年，爷爷最后一次离家出走，年仅24岁。

三

1937年的7月7日,也就是抗日战争爆发当天,爷爷离开了家乡,自此再没回来过。而家里的所有亲人,除了我父亲,他也永远没能再见。

爷爷走后不久,沿京沪铁路南进的日本侵略军很快就占领了包括沧州、衡水一带的冀东北广大地区。那时节,驻守在景县城里的日本鬼子三天两头下乡扫荡。

村里人都传说,这日本鬼子个个长着红毛绿嘴大獠牙,专爱蘸血吃小孩子,异常凶残歹毒。男女老少一听到鬼子要进村,早已吓个半死,呼天抢地地跑出村躲避灾祸。这下苦死了俺祖母,她那双缠裹的三寸小脚,成了她逃难中的致命累赘。风餐露宿的磨难与担惊受怕的心情,让这个不幸的女人染上了疾患,一开始还是轻微的咳嗽,咳着咳着就开始痰中带血,且整夜整夜地咳个不停。父亲说:"俺娘那是得的痨病,家里人不懂医,以为就是个普通小毛病,没谁上心留意,也顾不上给她看病,活活地给耽误了。"

兵荒马乱的时局让一家老小很为在外的爷爷担惊受怕。那时节,居于南吴庄村西南角的老孙家虽属村里的小姓人家，但也是个四世同堂规模的家族。我的高祖父当时还健在，他叫孙希贤，这是已知孙家族谱上最早的一位有名有姓的先人。听父亲讲过，许是年事已高，高祖父在家里不多管事，全是我的曾祖父曾祖母当家做主。

曾祖父曾祖母起先对俺祖母还是不错的，但是随着战争的残酷推进，爷爷音信全无的日子越来越长，他们慢慢地开始对俺祖母变了态度，觉得这个女人连自己的男人都拴不住，真是个窝囊废。

一年以后，村里有人讲，说同乡的小长史村里有个年轻人从外面回来了，好像在打听孙彦波家里的消息。家里人得知后，喜出望外，立刻前去问个究竟。那人说，爷爷是跟他在济南一起做铁路警察来着。日本鬼子攻城后，警队被打散了，他想回家，可我爷爷却跟着残部走了。分别时，爷爷曾拜托过他，如有可能去家里看一下。至于爷爷去了哪里，现在怎样，那人也一问三不知。

这是家里人第一次得知爷爷在外当铁警，也是俺祖母第一次听到自己男人离家后的生死消息，一直到她老人家哀怨而悲苦地离去，这个信息似乎只补充过一次新的内容。

爷爷对自己这段时间的经历是这样回忆的："抗日军起，铁路警察编成了交通警备队，庞宗义帮忙编了个少尉排长。民国二十九年当上了上尉连长后，就到步兵学校受训，后留校当教官。"爷爷的叙述，是在奶奶整部书中的最后一章，且叙述到此已经越来越简短了，但是谜团也越来越大。

起先，我把注意力放在了"庞宗义"身上，因为是这个人把爷爷由一个普通警员提拔为了一个抗日的低级军官，并且在随后的时局动荡中，对爷爷的命运走向起到过间接却至为关键的影响，爷爷后来亡命台湾，就是投奔他而去的，他称得上是爷爷冥冥之中的一个贵人，正因为如此，庞宗义在奶奶的书中多次被提到。如果有他抗战早期的资料，应该能够大致了解一下我爷爷离家之后的那段经历。

也许是他最终跑到了台湾的缘故吧，抑或是因为官职太低，庞宗义的资料在大陆非常少见，极难查找到，而台湾方面有无记载，则费尽周折仍不得而知，所以我所掌握的相关情况，仅限于奶奶书中的零散叙说。1949年1月北平和平解放时，庞宗义已在台湾凤山军事基地，为国民党撤离大陆、防守台湾做前期准备，从这个线索看，他在解放战争末期则很可能已经成了蒋介石的一个嫡系高官。

虽然庞宗义早期的经历一时无法掌握，但有一点可以肯定，那就是庞宗义既然在抗战早期能够提拔爷爷做上尉连长，那他当时至少是个营团级军官，爷爷只有死心塌地地追随左右，才能成为他的得力干将，并被委以重任，而两人关系绝非一般，应该更早就有交集。

果然，在撰写此书的过程中我曾就此疑惑问过台湾花莲的三姑孙振华，她提及的一条线索很重要。

三姑说，书中爷爷的这段自述身世，是有录音留存的，录得非常清楚，完全是爷爷的原话，连语气都听得一清二楚。在她帮奶奶誊写书稿时，奶奶告诉她说，爷爷得病辞世前不久的一个晚上，两个人闲来无事聊天，爷爷突然就说起了自己年轻时的一些过往，神情也严肃。奶奶听了很是吃惊，因为有些事她也是第一次听爷爷说，于是赶忙找来录音机让爷爷重说了一遍。幸亏奶奶反应快，否则真是要留下许多的遗憾呢。

三姑告诉我说，小时候曾听爷爷讲起过庞宗义，好像他是爷爷的一个同门师兄，两人求学时还睡过同一个炕铺。这条线索很是关键，据此则不难推测出，爷爷当年离家出去到济南当铁警，很可能就是受了庞宗义的影响，要么与之一同前往，要么直接奔他而去，而后者的可能性更大一些。由此爷爷抗战前那四年的空白经历，意外地有了一个大致的轮廓，他做铁警的缘由也基本清楚了。

既然从庞宗义这里无法得知爷爷离开济南之后转战的情况，那就看看交通警备队的历史吧。

1936年1月，国民政府军事委员会以铁路警察关系国防、军运至为重要，为确保铁路交通安全，将隶属铁道部的路警管理局改为铁道队警总局，受军事委员会直接指挥，此时爷爷应该一直在济南当铁警，成为这支正规警察部队中的一员。1938年1月，铁道队警总局改为交通部队警总局，统辖铁道、交通、航路队警，归属军委会交通警备司令部。这一点，与爷爷所述的铁警改编相吻合，他显然参与了整个事件的全过程。

随着国土的逐步沦陷，铁路警察系统在日本侵略者的铁蹄之下，也和铁路一样支离破碎，逐渐萎缩。从1940年起，仅存的铁路警防指挥部，为军统头子戴笠领导的军委会水陆交通统一巡检处所取代。依据以上资料大致可知，爷爷从济南撤出后，应该是随着残部往西南方向机动，几经辗转到了川黔一带，并最终落脚战时陪都重庆，成为国民政府军委会直辖的交通警备队中一位上尉连长，从而有了去步兵学校受训的难得机会。

命运之神终于露出笑脸，开始向不甘平淡、渴望有为的爷爷敞开了怀抱。

四

　　爷爷讲述在步兵学校的经历，更加简略："在教育长刘震清先生的指导下起草了《步兵典》的初稿，那是我用桐油灯，花半年时间所写的。民国三十一年调我当步兵学校练习团的少校团副。"

　　爷爷提到的这个"步兵学校"，一开始很难找到它确切的出处。因为我们今天一提到民国时期的军校，熟知的当属黄埔军校、保定军校和陆军大学三所名校，其他的似乎不太引人注目，但这三所名校都没有用"步兵学校"简称来指代的。我为此还曾一度以为爷爷去的，是某个战区临时成立的军事培训机构呢。

　　后来通过"刘震清"这个名字考证出去，才发现它是国民政府"中央陆军步兵专科学校"的简称。这是一所正规的军事专科院校，创办于1931年的南京，与之齐名的还有炮兵学校、骑兵学校以及航空学校等。1937年"八一三"淞沪抗日会战时，为使教学正常进行，该校随同陆军大学等其他军事院校一道，先后由南京迁往湖南、广西等地，1939年12月，奉令再次搬迁到贵州遵义县城，为抗战继续培养和输送战争指挥人才。

陆军步兵学校在遵义办学的九年间,设有教导总部、练习团等部门,这一点与爷爷的讲述相吻合。期间步校共招收了七个班队,培训 30 期学员,每个班队 150 人左右,毕业人数达 2300 多人。这些学员由各部队选拔出来的下级军官组成,以营、连、排长为主,经考试入学,学制两年,毕业后回原部队服役。

也就是说,爷爷不仅是战时陆军步兵学校的正规军官毕业生,而且毕业后直接留校,做了练习团的少校团副教官,并参与了《步兵典》这部军事教材的初稿编撰工作。

能够结识刘震清并得到其赏识,很显然是爷爷人生的又一个重大机遇。刘震清在国民党军事战争史和军事教育史上,都是个有名的人物。他早年间留学日本,是日本陆军士官学校步科第 13 期的正规学员,曾参加过北伐战争,且担任过极负盛名的国民革命军独立 43 旅旅长,最终为陆军中将。

这个 43 旅,在中国共产党的历史中也留有一笔。1935 年 1 月,由红七军团和红十军合编组成的红十军团在皖南地区作战连连受挫后,被迫返回赣东北地区,途中遭到国民党军截击,除少数人员突出重围之外,红军将士大部分壮烈牺牲,方志敏等高级将领则在怀玉山东麓陇首村不幸被捕,于 8 月英勇就义于南昌。今天中学语文课本选录的《可爱的中国》一文，就是方志敏在狱中写下的不朽名篇。而国民党军参与这场"围剿"的主力部队正是独立43旅，旅长刘震清。

刘震清在遵义当陆军步兵学校的教育长时，校长是蒋介石。一个如此显赫的人物，竟然会看得上我爷爷，并给予了不同寻常的重用，这件事着实令人一时难以置信。这里面，除了爷爷天生聪慧、表现优异，刘震清慧眼识才、格外赏识之外，可能另外还有什么鲜为人知的原因，我想。

查看国民党在大陆时期的将军名录，在刘震清极其简短的介绍中，有籍贯"河北雄县"的字样。也就是说，他和爷爷同为河北人，是老乡，雄县与景县相距不过两百公里。再查看当年步兵学校部分毕业生残存于世的花名册，可明显地看到，当时来自长江沿岸，特别是两湖两广及西南地区的学员居多，北方的学员很少，而河北的则少之又少。战乱不断、烽火蔓延之际，爷爷在偏远的异地他乡遇到一个做自己师长的同乡，应该是个意外之喜，而对于刘震清来说，这个操着乡音的精干小伙子，也必然让他产生一种天然的好感，并进而给予格外的关注，由此，一对地位悬殊的师生产生深厚的情谊便也显得顺理成章了。

爷爷所言的《步兵典》当是步兵学校的教科书《步兵操典》的简称。从黄埔军校、保定军校、中央陆大以及云南讲武堂等的校史中可知，当时各校都用自己编写的教科书，而《步兵操典》则是步兵学校教材中最为基本、至关重要的一种，其编撰大多沿袭日本陆军传统的教法。步兵学校此前应该也有自己的《步兵典》，只是刘震清出任教育长后，根据抗日战争形势的变化，并结合自己当年留学日本军校的所学，对教材进行了重要的修改与完善，所以爷爷参与的是整个学校由刘震清牵头、众多教员共同完成的一项浩大的教材编修工程。

作为一名刚刚留校的年轻教官，爷爷不太可能是最主要的创作人员，但一定是最后负责誊写的书记员，爷爷的字好，极其工整，否则他不会说"那是我用桐油灯，花半年时间所写的"。

这部诞生在战争时期的国民党军重要抗日军事教材，相信在今日台湾有关方面的资料与档案中，会有翔实的记载，也很可能会有实物留存，只是我无法找到，也不清楚那上面是否会有爷爷的大名。无疑，这将成为今后我需要考证的重要事项之一。

但无论如何，能参与这部典籍的编撰工作，这本身就已然表明，爷爷的才华非比寻常，出类拔萃。如此一来，爷爷的经历立刻变得不同凡响，他在我心中的形象开始高大起来。

很显然，教育长刘震清的出现，不仅彻底改变了爷爷的后半生，而且他的举贤荐能让爷爷遇见了自己心仪的女人。

"民国三十一年底，八十七军军长高卓东先生与步兵学校教育长刘震清是老同学,高去函到步兵学校向刘要一位教育人才训练部队里的军官。真不巧,正赶上教育长到西北考察,第二年三月才回来。教育长再三斟酌后,认为派我去比较合适,后来在车上就碰见了你。"爷爷对自己前30年经历的回忆,到此戛然而止。

那正是1943年夏,抗日战争进入了敌我相持的最艰苦阶段。而爷爷离开步兵学校、奔赴抗战前线的路上,所碰见的那个"你",就是我奶奶,本书的另一个主角。

五

奶奶生前著有自传《熬到梅花扑鼻香》，所以她的身世与经历，便显得清晰而完整多了。

奶奶名叫汤荣章，1925年6月6日出生在湖北孝感的汤家老屋。家中有三个姊妹，她排行老二。这样的姐妹结构，与我爷爷的兄弟状况，既有着鲜明的性别反差，也有着惊人的序列巧合，而这一点被聪明的爷爷在追求奶奶的短暂邂逅中，恰到好处地加以了利用，与她结拜为兄妹，为最终俘获奶奶的芳心铺就了必要的基石。

奶奶的母亲叫颜国珍，是个普通的乡下女人，而父亲汤树堂，则是个精明且开明的成功商人。老人家的精明之处在于，他在村集上收购棉花等农副产品，贩运到汉口、上海等大城市出售，那样价格会翻许多倍，自然家底不是一般的丰盈，比俺祖母家开馃子铺做食品买卖要强得多。

奶奶的爸爸很有钱，生活却很简朴，绝不对外显露，乍一看家里穿的、用的、摆的，跟寻常庄户人家没太大区别，根本不像俺祖母的父亲那般大手大脚地仗义疏财、明来明去地乐善好施，仅凭这一点，就让一家人躲过了许多的意外横祸。

  而其开明呢，则可通过两件事得到体现。一是奶奶的爸爸尽管也经常哀叹自己没有"儿娃儿"，是个"绝户"之人，但始终没有再娶偏房，一直守着那个勤劳贤惠、孝顺识礼的原配妻子过了一辈子，即便是常年游走上海、汉口等灯红酒绿的繁华去处，也没有留下啥绯闻。另一件就是，老人家对待三个女儿的态度，跟得上时代进步的新思潮。他反对给女儿们裹小脚，从而为奶奶走出村庄，奔向广阔的世界提供了一双有力的脚板。他还让奶奶入了县城的新式学堂，接受正规的文化教育，这为奶奶长大后认识繁杂的人世，最终活出自己的精彩，打下了坚实的文化基础。

  而与之相反，俺祖母的父亲则显得落后得很，他依旧恪守着"女子无才便是德"的古训，不让俺祖母读书识字也就罢了，还要用一条裹脚布，早早地替未来的夫家束缚住了自己的心肝宝贝，那双让整个家族引以为傲的三寸金莲为俺祖母一生的不幸埋下了祸根。两相一比，在他们各自女儿的童年起跑线上，高低已经决出，胜负毫无悬念。

  奶奶对于自己生长的汤家老屋印象极深，尤其是经常去玩耍的舅舅家旁的那片湖地，让她念念不忘："里面长了好多野菱角。秋冬时，邀两个同伴坐个大木盆，拿木棍绑上稻草包裹布，就可以采菱角了。好大一片菱角的叶间，开了白色的小花，在阳光的照耀下，好像银河之星。靠湖边，有好多藕田，藕田的荷叶也是翠绿好看。顶在高高荷秆上的荷叶，像煞一把翠绿色的小伞，我很想得到一把小伞样的荷叶。"

这就是有文化的魅力。奶奶仅用寥寥数语，就简练而质朴地描述出了一幅20世纪二三十年代中国农村的田园风光，它恬淡纯美，丰饶温润，充满着浓郁的乡土气息，也展示了她女性独有的敏锐视角。一句"我很想得到一把小伞样的荷叶"，活脱脱地表现了天真无邪的女孩子那惹人怜爱的一抹温柔。这样的才情，怎不让爷爷为之倾倒，并心仪向往呢？

2018年清明节期间，我陪着从台湾回来的二姑孙振海前去孝感的汤家老屋去寻亲拜祖。原以为那是奶奶家的一座老宅子，到了才知道它竟然是一个在当地很有名气、历史悠久的人文地理概念。

鱼米之乡孝感，因孝道文化底蕴深厚，源远流长，从东汉时期就闻名全国。在其众多的孝子、贤人中，董永"卖身葬父"的孝行最为有名，流传甚广。后世以此为蓝本，衍化出了一个动人心魄的美丽传说：天上的七仙女因感念董永之诚，私下凡尘与其结为夫妇，两人过了一百天男耕女织的幸福生活。这个天仙配的神话故事，反映了黎民百姓对孝行的推崇和对美好生活的追求，由此更让董永扬名四海，千古流芳。

据《孝感县志》记载："明武宗正德二年（1507），知县黄巩见其（董永之墓）断碑残刻，苔蚀雨剥，殆不可读。遂命下属刘福禄重修董墓，加高土层，增饰马鬣，树立石表。墓周建院，前门与中心处飨堂辟甬道相连。复使近傍汤氏守之。"

由史料可知，当年县太爷重修董墓后，指令住在附近姓汤的庄户人家专司看护之责。而"近傍汤氏"受命守墓，执着践诺，代代承袭，不曾懈怠，因此董墓虽历经500年的风吹雨打、战乱侵扰仍安然无虞。汤氏后代，多以先人们的义举为荣，由此逐渐形成了一个具有特定指向性的地理概念——"汤家老屋"。

到我奶奶出生那时，汤家老屋早已在其原址上开枝散叶，分成了多个村庄，而我奶奶家的村子，叫"六福湾"。她小时候常去玩耍的舅舅家距村不远，只有一二里地，坐落在湖泽岸边，她书中描写儿时所看见的湖光水色，应该就是当年董永湖的景致。而今的汤家老屋，已经发展成了由十几个村庄组成的汤氏大家族，人口达到了三四万人，并建有气派恢宏的汤氏祠堂。

我曾烦请当地的乡贤找来了新近编纂成书的《汤氏宗谱》，竟有十几本之多，可谓洋洋大观。可惜到了奶奶的爸爸汤树堂辈上，因无"儿娃儿"承继，这一支在《宗谱》中便无续写。

好在奶奶身上所具有的"汤家老屋"人的气质与基因，

意外地扩延到了宝岛台湾，通过孙家的子孙繁衍、血脉相传，得以在更加宽广的时空里发扬光大。从这个意义上讲，奶奶对"汤家老屋"的历史传承和文化拓展，其贡献并不比那些"儿娃儿"们差。世代"董永守墓人"那一诺千金、忠诚不渝、爱憎分明的秉性，在她身上表现得极其明显。

奶奶从小就胆大固执，敢作敢当有主见，她认准的事，八头倔牛也拉不回来。她11岁那年冬天，大伯母趁爸爸经商外出，到家里强拿了五六斤棉絮要回去做棉衣，奶奶的妈妈生性绵善，对此毫无办法，只能以泪洗面。奶奶回忆说："我就是不服气，拖着不让她走。我当然拖不过她，但是我抱着那包棉絮不放，她也拖不动。她抢走了跑几步，我又去抢回来，她又来抢去。我是一路哭，一路抢，她是一路骂，一路抢。"

两个人相互抢来夺去，奔跑了一华里，碰见一位爷爷辈的族亲老人，老人问明事由，斥责伯母，奶奶这才夺回那包棉絮。为此，奶奶付出的直接代价是，因为此事而"怒急攻心，外受风寒"，当晚就发高烧，病了十多天才好。而她由此遭到了对方更加肆无忌惮、变本加厉的憎恨和辱骂，精神备感压抑，心中愈加愤懑不平。

然而，奶奶的这种"野性"，恰恰是爷爷所喜欢的。爷爷生来就自恃清高，桀骜不驯，在那个兵荒马乱、生灵涂炭的特殊年代，靠跟他讲道理，不起任何作用，他的反驳理由也许更多。靠温柔感化也难见效,因为他要的不是顺从,是主见,不是儿女情长,是家国情怀。

显然,俺祖母一点也不具备附和爷爷的这些能力,相反奶奶那遇强更强、遇弱更弱、刚柔相济的性格,则成了驯服爷爷这匹野马的"撒手锏"。大事当前,二话不说,自己想干就干了,绝不拖泥带水,也不后悔悱恻,根本不管爷爷是何方神仙、哪路长官。安静寂寥时,她文思泉涌,一花一草皆成文章,粗茶淡饭也能生趣。爱慕相思间,她激情如火,爷爷就是心中的董永,自己就是那飘然而至的七仙女。

一对怀抱救国图存之志的热血男女,在抗日途中邂逅巧遇,一见钟情,旋即私订终身,共赴国难,便是一件自然而然的事情,令人顿然释怀。对此,我父亲曾这么说过自己的娘亲:"唉,都是命啊,俺娘的命只能做到给他的男人生下了我。"

六

抗日战争爆发前的 1937 年春节，奶奶家遭受了一场惊心动魄的飞来横祸。

那天一大早，奶奶的妈妈一开门就看到了门上贴着一张纸。奶奶的爸爸看罢，从床上跳起来骂道："土匪！土匪！什么人民自治会！借人民之名，来搜刮抢劫人民才是他们的目的！"原来随着战争气氛的逐渐浓重，乡下的匪患也日益猖獗起来，奶奶家摊上大事了。土匪在纸上明确写道：要过年了，准备现大洋 1000 元。

奶奶在书中写到了当年汤家老屋一带匪患横行的情景。土匪一旦看上谁家有钱，便会先礼后兵，索要钱物。如有不从，必遭绑架，最终被迫拿钱赎人。凑不够者，人质断筋剁足，至于拒不给付者，只有等着收尸了。被盯上的庄户，没有不家破人亡的，那凄惨境况让人闻之色变。

汤家老屋有一刘姓人家，是做船运生意的，奶奶平日里管他叫刘伯伯。这位刘伯伯有 40 多岁，膝下只有一个十多岁的女儿，长得倒蛮漂亮，就是有点儿傻傻的。为了能传宗接代、接续香火，他就又敲锣打鼓地娶了一房新太太，不到一年竟如愿以偿地得了个儿子。刚娶美妾，又中年得子，这让刘伯伯生出万事足了的高兴与得意，他像得了件稀世罕见的宝贝似的，整天抱着儿子满大街遛弯聊大天，腰杆挺得笔直。

奶奶见过那个孩子，长得很是可爱，白白胖胖的。小孩儿刚会走路时，当地土匪就作乱了。土匪派人找上门来，第一次提出要1000块现大洋，过了几个月就要1500，再来就变成了2000，最后一次一下子涨到了5000，把个刘姓老伯逼得无路可走。他实在拿不出来，就叫太太抱着儿子到亲戚家东躲西藏，几个月都很平安，大家以为没事儿了，便把孩子接回来，结果当天晚上就被土匪抱走了，土匪开价一万元。

刘老伯为了儿子，咬紧牙关东奔西走到处筹钱借款，最后把赖以谋生的船也卖了，才凑了一万大洋。他请了好几位壮劳力担着银圆给土匪送去，终于换回了自己的宝贝。刘老伯看着眼前骨瘦如柴的儿子，心疼得掉下眼泪，用手摸摸孩子的头——哎哟，怎么这么烫啊！

原来孩子被折磨病了，一直在发着高烧，全家老少顿时又慌成了一团，赶紧请来医生治疗。尽管换了好几位医生，但这个用一万块现大洋赎回来的刘家命根子，最终还是小命不保。儿子死了，钱也没了，人财两空的刘伯伯就像是被打断了脊梁骨，整个人彻底崩溃了，万念俱灰中一病不起。全家人从此食不果腹，连三餐都难以为继。刘家摊上了匪患，仅仅半年时间便迅速走向了衰败，这让四邻八舍的乡民们感慨唏嘘，亦提心吊胆，惶惶不可终日。

　　如果说刘老伯家出事，多多少少是因为树大招风，那奶奶的爸爸千小心万谨慎，却依旧防不胜防，让土匪摸清了底细，精准地找上门来，便是命该如此，在劫难逃了。现大洋就是银圆，1000块那可是50斤重的银子啊！一家人顿时吓得魂飞魄散，不知所措。

　　危难时刻，奶奶的爸爸显示出了他的镇定与精明。他对妻子说："不要难过，这一笔钱是要丢的，不然年也过不成了。过了年，你带着女孩儿到亲戚家躲，我晚上到处躲，白天我有很多事要办，你放心，他们找不到我的。等我把事情办好了，我们就搬进城里去住。"奶奶的妈妈不解地问道："你真的要给他们那么多钱啊？给了钱，为什么还要搬家呢？"爸爸把嘴一撇，说："你以为给他们一次钱，他们就满足了吗？哼，他们没有把你榨得油尽灯枯，那是不会罢休的。"

　　这场意外的打击，虽让一家人破了钱财，东藏西躲的没能过个好年，但也由此改变了奶奶的一生。她的爸爸真不愧是见过大世面的精明商人，他对形势的洞察清醒而细腻，对后果的预判更是入木三分，关键是他还具有化险为夷、行之有效的对应招数，从而挽救了一家老小的性命。进孝感县城不久，奶奶就被爸爸送到了学堂里，接受抗日救国、誓死不当亡国奴的思想教育，可谓因祸得福。

奶奶入学第二年的6月的某一天，也就是1938年武汉保卫战即将全面打响之际，孝感小学的校长召集师生训话说："小朋友，快放暑假了，暑假对你们来说，应该是快乐时光。可是今年，很不幸，万恶的日本鬼子要攻打我们的大武汉。我们这里很快就会变成战区。到那时，我们的生命、财产都没有保障。到那时，我们不死也会受苦受难，你们哪里还有快乐？现在告诉你们一个好消息，本校接到上级命令说，蒋夫人关心你们这些未成年的孩子，怕万恶的日本鬼子杀害我国家、民族的幼苗，敌人喊出口号，要亡我国家、要灭我种族，因此蒋夫人创办了战时儿童保育院，收容全国战区或战区边缘的在学或没有父母的孩子。你们有人愿意去吗？你们去，是去受教育，比在家里安全，等到抗战胜利了，政府会很快把你们送回来，交给你们的父母。假如你们长大了，政府会安排你们成家、立业。你们是将来复国、建国的力量，是未来的希望。有人愿意去的，就来报名。"

奶奶还没有彻底反应过来，就听有个男同学站起来大声地问道："校长，我愿意去，可是我的爸爸妈妈不愿意怎么办呀？因为我是独子。"

校长闻听，耐心地回答道："没有关系，只要你们愿意离开家，以后不天天哭着要回家就可以去。至于你们的父母,上面有指示,我们会替你们说服,一直到他们同意为止。独子更应该去,在保育院比在家里安全,鬼子要伤害的首先就是当家的人与独子。你们小孩子不知道,你们的爸爸妈妈一定知道,现在从东北、华北、南京、上海有无数的人往外逃,他们路经武汉,身体强的继续往前走,身体弱的就停下来等船等车。人那么多,哪有许多船和车,他们真的很可怜,真的是沟死沟埋,路死路埋。现在武汉的码头边、路边、房檐下,都是他们的安家之所,要是老天爷下雨那才可怜呢!你们一定会问他们为什么不待在家里,要逃出来受罪呢?"

校长讲得慷慨激昂,他抛出问题后停顿了一下,然后接着说道:"那是因为在家里,不但生命财产没有保障,连做人的人格尊严也给敌人否定了。敌人可以任意羞辱、杀害我们,我们不能还口,也不能还手,假如你顶撞敌人,就会招来更多的侮辱和灾难。更可气的是,还有汉奸和土匪,这些中国人的败类更坏,他们或者为虎作伥,投敌叛国,或者趁机作乱,为害一方,欺负起自己的同胞来跟鬼子一样歹毒凶狠,所以许多沦陷区的同胞们要逃难。他们那么困难都往外逃,你们有政府照顾是很幸运的。公文上说啦,你们到哪里,交通工具都是你们优先,到每一个地方都有地方政府接待照顾,你们就勇敢地报名吧!"

很显然,校长训话中提到的土匪,就像是一颗巨大的炸弹，在 13 岁的奶奶心中轰然炸响，掀起冲天的波浪。

那一刻，她一定想起了刘老伯那无辜屈死的儿子，想起了全家遭遇勒索的惶恐，甚至想象出了自己在城里有一天被绑架拉走的场景，这让她浑身颤抖，热血奔涌。

奶奶说，那天与她一起现场报名的同学有七八十人，她对老师们一再地表示，自己主意已定，坚决离家，绝不反悔！

七

也许因为是第一次离开父母远走他乡,奶奶不仅清楚地记得到达汉口后吃的第一顿早饭是什么,更记住了当天上午九点,蒋夫人来看望孩子们,并对大家讲话的那一幕。

蒋夫人说:"小朋友们,我亲爱的孩子们,万恶的日本帝国主义和它的军阀要侵略我们的国家、占领我们的土地、掠夺我们的财产、杀害我们的同胞,现在已占领了我国很多地方,杀害了无数的同胞,掠走的财物更是不计其数。他们更是发出狂言,要三个月亡我中华民国,要知道我中华民国地大物博,人口有四万万,我政府有英明的领袖领导全国英勇的将士,他们以爱国的精神、团结一心的力量,已经抵抗一年有余,是日本鬼子要亡我中华的四倍时间,他们还无能亡华,可见亡华只是他们的痴心妄想而已。现在我政府已拟定计划,准备长期抗战,决心抗战到底,一定要把日本鬼子打得向我们投降。亲爱的孩子们,这里很快就会变成战场,政府怕我民族幼苗受到伤害,所以要把你们送到最安全的后方去避难,在那里,每一个地方都设有专人,他们都会妥善地照顾你们,并会传授良好的教育。你们是将来国家的主人,是复国建国的力量。你们要努力上进,学着做一个有用的人,将来好好地报效国家,不可辜负国家培育你们的恩德,你们听到了吗?"我们在下面答:"听到了!"蒋夫人又问:"你们记得住吗?"我们答:"记得住!"蒋夫人又说:"好,小朋友,我亲爱的孩子们,再见!这里战况已近,你们一有船就要到后方了,我们后方见!"我们答:"后方见,妈妈再见!"

我曾查阅过中国战时儿童保育会的相关资料。它是由国民政府妇女领袖宋美龄于 1938 年 3 月 10 日在湖北汉口创立的大规模营救难童的全国性妇女组织,宋美龄亲任理事长,中共党员邓颖超、孟庆树等人则当选为常务理事。为了赢得社会各界力量的支持,最大限度地筹集财物,该会还聘请了 200 多位政要人士和社会贤达担任名誉理事,蒋介石、毛泽东等都名列其中。

抗战期间,儿童保育会先后在全国各地成立了 20 多个分会,建有 53 所战时儿童保育院,共收容、保育了三万多名难童。在这些孩子中,不仅有我奶奶和她妹妹,也包括了延安保育院的保育生。对于战时儿童保育会的工作,郭沫若在抗战回忆录《洪波曲》中有过这样的评价:"就我们知道的范围内,有两个妇女组织是在认真地工作,而且有成绩的。一个就是战时儿童保育会……"

以前大陆关于这方面的资料不多，真正抛开意识形态纷争，开始把它作为民族抗战的一个重要组成部分，对其社会影响和历史价值进行研究，还是改革开放以来的事情。随着一些保育生老人的深情回忆和部分学者的认真研究，战时儿童保育会这段尘封的历史，穿越时空的迷雾，重新呈现在人们的视野之中。

与大多数的回忆文章和研究论文不同，奶奶真实而详细地记录下蒋夫人和老师们进行动员的内容，她的博闻强记可见一斑。尤其是蒋夫人的那段训话，是我迄今所见，来自保育生们最为详细而全面的复述，它逼真而具象，遣词用句极其符合蒋夫人的演讲风格和用语习惯，真实性当不容置疑，应该成为研究这段历史非常难得的第一手资料。

奶奶的爸妈从一开始就对保育院的性质和目的心存极大的疑虑，并且低估了女儿去意已决的任性。奶奶就像着了魔一般，寻死觅活的非要走，哪怕绝食也要去当这个战时保育生。她的爸爸见硬来不行，只好另想办法。

他听前来帮女儿做说服工作的老师讲，这群孩子到了汉口之后会停留些时日，于是眼珠子一转，计上心来。他想只要到时自己也赶到汉口，再找理由拦住女儿，一家人在汉口团聚不再分离，那样不是更好吗？所以他想出的两全之策是，可以答应奶奶的请求，但必须让她带上自己的妹妹。在他看来，奶奶身边有个累赘，她是定然不会弃之不管而独自远走高飞的。

谁知人算不如天算。奶奶的爸爸费尽心机，自以为设计得天衣无缝的招数，却被意料之外的事态变化当头击个稀碎。奶奶到达汉口的第四天晚上，耳边突然就响起了令人心惊肉跳的警报声、日寇飞机投弹的爆炸声，人们哭天喊地，乱作一团。很快就有一艘大木船趁着夜色，急匆匆地载着她和妹妹以及 300 多个孩子沿长江逆流而上，驶向了宜昌方向。奶奶一行后辗转万县、重庆等地，最终于 1939 年的春节过后，到达了贵州遵义，进入了战时的第三儿童保育院。从此，父女一别就是九年之久，而重逢已是抗战胜利之后，女儿不仅带回了自己的男人，还有一男一女两个外孙。

土匪的一张索命纸条，就这样意外且彻底地改变了奶奶一家人的命运，并使之融入整个国家与民族的悲壮运势之中，二者交错前行，难以区分。

八

那是中华民族历史上一场惊心动魄、艰苦卓绝的大营救。数万名难童在保育人员的带领下，在枪林弹雨中跋山涉水，风餐露宿，分批分路向着西南大后方前行，仅1938年10月25日武汉沦陷前，战时儿童保育会抢救与护送到四川的儿童就达15000余名。

如此规模庞大的营救儿童行动，在古今中外的战争史上十分罕见，堪称是一个人间奇迹。那些最终幸运地平安到达目的地、结束颠沛流离逃亡生活的孩子们，也许并没有意识到，他们走过的是一条与时间赛跑、与命运搏击的生死绝路。他们用坚毅的忍耐和顽强的意志，向世界展示了一个民族不甘屈辱、奋起抗争的精神希望。

离开家时，奶奶的爸爸交给她一个小包，里面装有30块大洋，让她和妹妹路上备用。30块现大洋在当时是什么概念呢？两分钱能买一个鸡蛋，一毛钱足够一个孩子全天的食物花销，一块大洋基本可以解决十天的口粮，那30块则至少足够维系大半年的生活。如此优渥的经济条件绝对是同行的难童们所不可比拟的，而这种情况也愈发地让人想探究一下奶奶选择这条生死之路的初衷与缘由。

关于创办保育院的目的，在奶奶转述的校长和蒋夫人的训话中，讲得已经很清楚，那就是实现两大功能，一个是救护难童，另一个是培育后代。对于奶奶而言，她既算不上难童孤儿，也无须生活济困，她符合的是培育未来国之栋梁的招收条件。她之所以甘愿放弃衣食无忧的生活，主动离开疼爱自己的父母，义无反顾地选择一条充满危机、前途未卜的逃亡之路，即便遭受母亲的痛打也不改初衷，毫无疑问是校长老师和"战时妈妈"的鼓动产生了效果，打动了她年少的心灵，点燃了她周身的热血。她真的把自己当成了抗日图存的民族一分子，是肩负有"复国建国责任的未来力量"。

正是这样一种使命感和进取心，让年少的奶奶在颠沛流离、危机四伏的千里迁徙中，无所畏惧，充满乐观。面对着日本鬼子的飞机轰炸，她镇定自若，没有像有些孩子那样吓得哇哇大哭。面对着饥肠辘辘的日夜兼程，她也无怨无悔，还舍得用自己的钱财去周济同伴，显示出了她与众不同的心态与境界。

但战争是残酷的，现实的悲惨更加令人窒息。随着抗战的惨烈推进，物资极度匮乏，保育院的日子苦不堪言，孩子们正常的衣食保障难以为继，许多难童没有死在逃亡的途中，却倒在了饥寒交迫、疾病肆虐的后方。对此，许多保育生们在晚年的回忆中,都对那段刻骨铭心的艰难时光做过悲情的描述,对自己的劫后余生心存感念。

然而,奶奶对此的追忆却有很大的不同,她把关注的视角对准了当时保育院的外部环境和内部管理,一些细节读来既新颖,又震撼。

奶奶寄居的第三保育院坐落在遵义西郊五公里处的桃溪寺,收留有三四百名孩子。奶奶在书中这样描述:四周环境非常优美,三面环山,后面山林有很多两个人合抱的参天老树。大庙的前面两旁,左边是红莲花池,右边是白莲花池,中间一条路,路的尽头有一棵我最爱的含羞树。含羞树很怕痒,你用力抱它,它不怕,要是你轻轻地摸摸,它就会发抖打哆嗦,粉红色的花瓣纷纷落下,真的很好玩。再往左边走,前面是我们自己做的升旗场,我们在河边上修了个可以容纳四百多人的大运动场,我们每天可以在河里洗澡、洗衣服。我们身上可以不再长虱子,河里水少的时候,还可以跳石头过河去玩。

饥寒交迫的苦难岁月,在奶奶眼里是含羞树的粉红落英,在她心中是桃溪河的清澈流水。这份与生俱来的乐观与豁达,又一次让她战胜了疾病的折磨,度过了饥饿的考验,最终大难不死,顽强地活了下来。

天灾无法躲避,但人祸则绝不忍让。躲过一劫的奶奶,开始向命运主动发起挑战。

当时的保育院院长是个肥缺，几任院长没有不贪的。第三任是一个叫庄敬的当地女人，尤其凶狠，贪得无厌。奶奶回忆说："在保育院，我们也有很多事情是自己做，比方说，做鞋、做布袜子、打草鞋。天冷穿布鞋布袜子，天暖都穿草鞋。庄敬利用老实的学生给她养鸡、养猪，养大了她自己卖钱，帮她忙的人一点好处都没有。"奶奶对这个女人十分憎恨，每一次被支使着去出劳力，她都坚决拒绝，因而招致了庄敬的格外仇视。

有一天，孩子们饿得头发晕、眼发黑，奶奶实在气不过，心想：反正是死，死也要出出气："我就把整桌的碗都摔碎了，哗啦啦的声音惊动了所有人，也惊动了庄敬这个坏女人。她说：'打，打死她！'有大人说：'她是个女孩子，不能打！'庄敬反问：'为什么不能打？这么可恶，把公家的碗打破，好大的胆！'同学说：'她饿得，我们的稀饭都是水，很少米，天天都一样。'庄敬就说：'胆子太大了，叫她跪，跪两个小时，不罚以后还得了啊？'"结果奶奶一直被罚跪到晕倒过去，被送进了病房，三四天不想吃东西。后来她拿出一块大洋，恳请一个女保育员买些肉来充饥滋补，谁知那个女人只给她煮了点稀饭喝，买来的鸡、猪肝和鸡蛋全带回家自己吃了。

有关战时保育院干部贪污腐化、员工损公肥私，且从上到下十分嚣张、毫不避讳，我竟然还是从台湾奶奶的书中第一次看到实例，这真的很令人意外。

奶奶所在的第三保育院应当是中国战时儿童保育会贵州分会所属的黔三院，在全国53个院所中，算是创办较早、规模较大且条件相对不错的一个，起码与当时的延安保育所相比，不知要好上多少倍，连这样的模范保育院内部管理都如此混乱不堪，别的也就可想而知了。

许是受奶奶的反抗鼓舞，一些男孩子终于站了出来。奶奶说："珍珠港事件爆发后，中美结成盟军共同抗日，美国送给了中国很多物资，其中送给保育院每一位难童一丈五尺藏青色的卡其布，结果350多个孩子只有七尺，仅此一项庄敬等人就贪了三千尺。"

一个星期天放假，十几个男同学在遵义大街上看见庄敬家的老妈子带着她的孩子，坐着人拉的车子在街上闲逛，身上穿的都是贪污的布。这下孩子们气坏了，上前将那个女佣从车上拉下来，把她身上穿的撕扒个稀烂。庄敬气急败坏，第二天从监务局叫来十几个大兵，拿着枪到保育院把那十几个男生全抓走了。

此事由此演变成一场声势浩大的学潮，并最终"惊动了蒋夫人，派人调查后撤换了庄敬。但是，新来的院长好了没几天，也跟之前的贪官污吏们一样了"。这令奶奶大失所望，对保育院的生活产生厌恶，并萌生了去意。

看得出来，这件事对奶奶的一生影响很大。但是，她也许不知道，她所述说的这段经历，竟然构成了中国战时儿童保育会那波澜壮阔的历史的一部分，她所参与的这场学潮，更是成为改变成千上万在院难童命运的一次重要转折。

当年遵义第三儿童保育院发生的学潮，称得上是一起具有全国影响的事件，蒋夫人闻之，已不仅仅是奶奶所言的"惊动"，简直就是"震怒"。1940年底，全国的各个保育院曾以此为戒，陆续开展了一次自上而下的清查整顿活动，这对于后来保育院加强管理、完善制度、遏制腐败、逐渐正规起到了一定的促进作用，广大保育儿童的生存状况与教育环境由此也得到某种程度上的改善。近些年来大陆一些学者还为此做过专门的研究，将之称为"庄敬事件"。

从大陆学者掌握的相关资料与论述的事件缘由来看，奶奶书中的所言与之极其吻合，甚至更为翔实与具象。只不过学者们是从宏大的历史层面来叙事与剖析，而奶奶则是以一个花季少女亲历者的视角，对这一重大事件进行了真实复述与微观呈现，因而显得更加细腻而鲜活，具有珍贵的史料价值与很强的现实冲击力。

九

　　1941年伊始，贵州丝织厂到保育院招募童工，16岁的奶奶立刻报了名。她安顿好自己的妹妹，便和其他71个男女同学进厂，当了一名搅丝工。

　　贵州丝织厂的老板在贵阳和遵义建有多家工厂，主要为抗战部队生产一些所需物品，如面粉、被褥、牙膏、肥皂以及丝织品等，买卖做得很大。这家私营企业打着抗战生产的旗号，不费吹灰之力，就从保育院招来了一大批既有文化还很能干的童工，但是对待起这些孩子们却非常刻薄残忍，待遇和薪水都很低。奶奶她们一天工作八小时，守在搅丝锅旁不停地用手翻搅，一刻也不得闲，日子久了，手都泡烂了，连咳出来的痰都是锈红色。

　　孩子们忍无可忍，便开始罢工，要求改善待遇，增加薪水。对此，工厂表态很蛮横："愿干就干，想走不留。"结果72个童工，不到一年时间，就只剩下了奶奶和另一位女生。同学们分别时，由于没有讨到薪水，一个个囊中羞涩，两手空空，奶奶见状把自己剩下的现大洋全部送给了大家做盘缠，分文未留，侠义之气让那群孩子刻骨铭心。抗战胜利后，奶奶曾重返贵州，当年的同学们闻讯纷纷前来相见，提起奶奶当年的救命钱，个个都潸然泪下，感激不尽。

奶奶对于自己留下来的原因没有细说，但我想大概是她觉得在工厂虽然很累很苦，可毕竟还有属于自己的私密空间，相比在保育院自由得多了。她喜欢这种人格上的独立性，也珍惜这份可以自食其力、尚有尊严的工作，她早已不把自己当小孩子，在她心里，她已是一个能够独立选择生活方式的女青年。当然了，她心中还有个在保育院的妹妹，一走了之，她实在也于心不忍。

人常说：万事皆有定数。奶奶选择留下，冥冥之中就是为了给接下来那场惊世骇俗的邂逅，铺排好最后一笔的悲壮，让命中注定的浪漫爱情来得更加猛烈与震撼。

在丝织厂随后的日子里，奶奶先后受到了两个异性且异样的年轻同事狂热的追求。第一个家伙暗恋奶奶，他是厂里的技工，但求爱的手段粗糙愚笨，没有丝毫技术含量，且心胸狭窄，碰壁后伺机报复，让奶奶很是鄙视。

第二个则非比寻常，他是工厂经理的外甥，家里有钱有地，在湖南老家也属于殷实的大地主，平日里一副游手好闲的公子哥做派。他看上了奶奶，起先采取的办法是彰显自己的富有，主动接近奶奶，施予小恩小惠。一看这招不灵光，便开始软磨硬泡、死缠烂打。还不见效，干脆动用了自己的权势，把奶奶周边的人都变成了他的说客与帮凶，威逼利诱，形成了一种不达目的决不罢休的高压态势，这令奶奶极为反感与愤怒。

奶奶对说客媒婆们一再亮明自己的态度，说："这是我的终身大事，至少还要等三到五年，日本鬼子赶走了以后，回家父母会替我办，不需要你们帮忙，谢谢。"

这场持续的逼婚，让奶奶猝不及防，难以忍受。她自己编了一首歌，以排遣内心的苦闷与压抑："我好比一只笼中鸟，我不能悲伤，我要仔细思量，仔细思量，总有一天我能飞出牢笼，就有我的一片天堂。"她天天唱，有空就大吼小叫，跟疯了一样。歌唱得多了，吼得痛快了，自己也想明白了：我干吗要在这令人窒息的地方坐以待毙呢？为什么不能选择自己的道路去拼一把呢？

在工厂期间，奶奶曾认识了一位女工友，名叫夏淑琼，湖北黄陂人，离孝感不远，算是老乡，两个人关系很好，亲同姐妹，这给奶奶的生活增添了许多快乐。后来夏淑琼的军人丈夫随部队移防到了重庆，她也便离开了厂子，恰恰在奶奶在为不知奔逃何方纠结之时，她来了封信，奶奶顿时眼前一亮：就投奔她，到抗日的大本营重庆去！

主意已定，奶奶将计就计，暧昧地表示婚事可以考虑，以稳住对方，同时不动声色地打探逃离路线和车次。很快，就在初夏的一个傍晚，她若无其事、两手空空地走出了戒备森严的工厂大门，接着在厂外的围墙下找到好友从里面扔出来的行李小包袱，往肩上一背撒腿就跑，跟跟跄跄地一头扎进夜色之中。奶奶说那是一段"迎着未知的路途"。

奶奶真是胆大心细，早已料到对方发现她逃婚后一定会派人四处寻找，所以她一直躲到第四天的下午才出来，并找到了去重庆方向的黄鱼车。奶奶说："我先把包袱丢上车，人再往上爬。这时有一位好心的男人伸手把我拉上车，并还让我一个容身之处。"这个男人，不是别人，正是我爷爷，一个早已在"未知的路途"上，恭候迎接她的男人。

接下来，奶奶对两人的意外相遇，做了如下详细描述：

他问："到哪里去？"我说："到重庆。"

他问到重庆干什么，我答去工作。

他问："有工作吗？你能做什么工作呢？"我说我是织布工人。

他说："啊，我还没请问你贵姓，府上是哪里？"我说："我姓汤，叫荣章。"

他说："我姓孙，叫彦波，字松涛。我本是步兵学校的教官，现在要调到部队去带兵，当营长。"我只觉得这个人好啰唆，我也不知道教官、营长是做什么的，只知道他穿的是军服，是当兵的。

车子刚走没多远就在一个名叫板桥的镇子抛锚，走不了了，满车人只好下车找饭店吃饭，寻旅社住下。这个意外的变故为爷爷继续发起进攻,提供了绝佳的机会。很显然,爷爷的初次亮相,给奶奶留下了相当不错的印象。奶奶虽然觉得爷爷"好啰唆",但是她的有问必答,已然表明了对两人初次交谈的一种投缘认可。

我细细地琢磨爷爷的用词,很为他拍案叫绝。同样是介绍姓名,他多了一个"字松涛",立刻就显得有些与众不同。而"贵姓"呀"府上"啊,这些咬文嚼字的表达,别说在那个读书人很少的年代,就是放在今天,也会让人有种异样的感觉,免不了要另眼相看。

作为一个知识女性,奶奶听后,自然会感到一种久违的新鲜与亲切,觉得自己既受到了应有的尊重,也有了些许的安全感。而这些文绉绉的语言,再与爷爷那一身的戎装交织在一起,又会给奶奶形成一种鲜明的视觉反差,从而生发出对英武儒雅的好感。

忐忑不安的逃婚路上,又遇到车遭抛锚的窘况,奶奶内心的焦虑与担心可想而知,正好身边有这样一个年轻英俊、温文尔雅的军人做伴儿,心中不由得产生一种依赖,这应当是女孩子一种正常的心理反应。所以接下来,爷爷主动要求替奶奶付饭钱,以显示男子汉的豪爽,殷勤地提出一起到板桥镇的田野看稻浪,以寻找进一步深聊的良机,也是他情感的一种自然袒露,更是他的一份良苦用心。

至此,爷爷不失时机地向奶奶射出了第一支清晰而锃亮的丘比特之箭："你没有兄弟，我没有姐妹，我是河北景县人，家有父母，一兄一弟，我也是第二。我很喜欢你，我们结成异性兄妹，好不好？"

面对着短短几个小时之内一波接一波的攻势，奶奶当晚就失眠了，翻来覆去，心绪难平。第二天车刚到名叫松坎的这个小地方，爷爷就迫不及待地发起了最后的冲锋，直截了当地拿出军人的手牒说："你相信我，我绝对不会骗你的，我实在非常爱你，我的军人手牒配偶是空的，嫁给我吧！"

这一次，奶奶的防线彻底被攻破了，内心所有的疑惑与挣扎瞬间荡然无存。"很清楚，这是一场豪赌，赢了，就是天赐良缘，输了，他骗我了，就是把自己推向苦海。看样子他不像是骗子！"从小就敢作敢当、愿赌服输的奶奶，在自己的终身大事上，没有太多的犹豫，她略做思考后，当即爽快地说道："好，我嫁给你！"

第三天到了綦江县当晚，"到街上买了一对小得不能再小的蜡烛、三炷香，我们到郊外空地，两个人郑重其事地点上香烛，跪下，双手合十向天地神灵宣示：'孙彦波、汤荣章因情投意合，愿意结为夫妻，我孙彦波（汤荣章）对我的妻子（丈夫）的爱情海枯石烂，永不变心！'"

这一天正是1943年的7月3日，爷爷30岁，风华正茂，奶奶18岁，情窦初开。奶奶为这个终生难忘的时刻，起了个浪漫的名称，叫"情定板桥"。

十

每每读到爷爷奶奶"情定板桥"这一段,我的心情很是复杂与纠结,五味杂陈,难以名状。

作为晚辈,我从中能感受到爷爷奶奶那一见钟情、私订终身的幸福心情,也欣慰地看到了两位长辈历经苦难、白头偕老的传奇婚姻,但是我也必须指出,爷爷当时是撒了谎的。

对他军人手牒上配偶一栏空着的问题,被幸福充溢心间的奶奶还是保持了应有的清醒与警觉的:"你以前没有结过婚吗?"爷爷对此的回答是:"有,但是已死多年了。还有个儿子在家里跟爷爷奶奶一起,对你不会有妨碍。"

一向我行我素的爷爷,可以自信地认为,他有能力让那个不愿提及的女人和儿子构不成对奶奶的任何妨碍,但是那个女人还没有死,仍在病痛的煎熬中苦苦地期盼着他早日回家,这是无法更改的现实。即便是受山水阻隔,爷爷不知道俺祖母是死是活,也不能如此绝情地断然说她老人家已经死了吧?

记得父亲在世时,也曾纠结于这个细节,心中难以理解。他喃喃地说:"你爷爷为什么要这么胡说呢?他这不是在咒俺娘吗?"

必须承认,让我以家族的观念与血缘的情感,就这场对俺祖母是大不幸、对我爷爷却是极万幸的婚姻变故,进行客观而公允的评论,并回答父亲的诘问,这很容易,因为爷爷所作所为的是非曲直,一目了然,传统的道德标尺和普世的婚恋准则,对此早有了清楚而明晰的现成答案。

但是,倘若跳出家族的视觉范围,摆脱血缘的情感羁绊,以尊重历史、回归人性的态度,站在家与国两个不同的方位中,平和而坦然地看待发生在20世纪40年代自家的这场重大事件,则又会有另外一种评断标准与价值解读。

还原到那个特殊的时代背景下,就事论事,从当事人的现实环境与情感角度上,将心比心地剖析他们的所思所想,看待他们做出的人性选择,这样的态度与方式,理应成为无数有类似境遇的同胞与家庭,化解情感心结、抚平战争创伤、共同面向未来的明智之举,尽管它会令人备感无奈,心存苦涩。

我在想,其实爷爷是完全可以选择实话实说的。他真的是因为双方没有共同的语言和理想追求而离家出走的,甚至在外转战多年,在军人配偶一栏还是个空白,这说明连他自己都不肯承认这段婚姻。倘若他真情告白,也许更能勾起奶奶自身的逃婚记忆,从而产生情感的共鸣。然而爷爷却选择了最为忌讳、极端决绝的词语,他当时究竟是一种怎样的心态呢？

从遵义车上偶遇，到情定板桥，再到綦江焚香盟誓、结婚成亲，然后两人分手，爷爷奔赴 87 军前线驻地，奶奶暂去重庆等待，整个过程非常短暂，只有几天就办完了终身大事中重要的"手续"，这说明爷爷清楚地意识到时间的宝贵，需要争分夺秒。他还肩负着比结婚更重要的事情，那就是上前线去带兵打仗，此事十万火急，刻不容缓。

我查过当年国民党第 87 军的一些史料，1943 年初夏时节，正是这支部队生死存亡的关键时期。

1938 年夏，国民政府为加强参加武汉会战的军事力量，以湖南保安的四个团为骨干组建了国民革命军第 80 军，从此这支部队作为抗日前线的有生力量，先后参加了第一次长沙会战、冬季攻势作战。1941 年，该军改番号为第 87 军，高卓东任军长，隶属长江上游江防第十集团军。1943 年 5 月，该军参加了著名的鄂西会战。

鄂西会战，是国民党军取得第三次长沙会战大捷后，侵华日军发动的一次规模空前的报复性进攻，日军称之为"江北歼灭战"。此役由于关系到长江上游防线的安危，国民党军共投入了 30 多万兵力参战，日军则抽调了三个最精锐的师团做主力，双方在鄂西一带的长江两岸展开了殊死决战。

1943 年 5 月 5 日拂晓，日军率先向第十集团军 87 军新 23 师阵地发起进攻，国民党军将士顽强抵抗，血战竟日，最终伤亡过大被迫后撤。13日晚，87军第118师再次遭到日军的正面猛攻，坚守两日，拼尽了全力。尽管这场持续20多天的战役以国民党军取得最后惨胜而宣告结束，但是87军却几乎被打垮，两大主力师力量丧失殆尽，面临着退出国民党军战斗序列的生存危机。

也许正是由于此，军长高卓东一再紧急向步兵学校的教育长、老同学刘震清求救，恳请尽速派出得力教官，对残部进行战时培训，以解燃眉之急，希望部队能补充兵员，重整战力，再赴疆场以杀敌卫国。而培训将士的重任，就此落在了爷爷这名步兵学校的团副教官肩上。

军令如山。爷爷从遵义的步校出发，火速赶往87军的途中，虽意外地遇见自己心仪的女人，可谓人生大喜，但在爷爷心中，这儿女情长终究抵不过抗战要务，时间也不允许他娓娓细述。此情此景之下，什么办法可快速打动奶奶的芳心，就出手亮招，干净利落；什么话语能一举打消奶奶的疑虑，就直奔主题，一剑封喉。他脱口而出的"已死多年"，就是送给新女性最为关键，也最为有效的一颗定心丸，让奶奶从此死心相守。

如此这般想来，我彻底地释然了，并为爷爷的果敢与睿智钦佩不已。父亲，你呢？在天国里，你们父子俩相见时，你是不是早已原谅了你那同样活得不易、为国赴命的父亲呢？

十一

綦江分手后,爷爷掉头向东,直奔酉阳,奶奶则一路往北,望重庆迤逦而去。

离别时,爷爷特意给奶奶写了个登报启事的文稿:"我俩一见钟情,情投意合,愿意结为夫妻,特此敬告诸亲友。孙彦波、汤荣章同启。"奶奶没有交代她到了重庆后登没登报,不过见到自己的那位老乡女工友之后的情景讲述,还是反映出了她当时真实的心理活动。夏淑琼闻听后,立刻就说:"结婚为什么不带你走?你呀,叫人骗了,看你怎么办!"奶奶说:"他是正人君子,不会骗我,他说到那里安排好了,就会接我的。"话虽如此,但她内心还是平添了几分担忧。

好在,爷爷是真心实意的,他精心安排了自己在重庆的同僚和学生们予以接待,让奶奶在长达两个多月的寂寞守望中有了些许的温暖与抚慰。

1943年中秋节过后,爷爷从前方来信,让她前往酉阳团聚,说一路车船周转不必担心,都会有人照应。奶奶闻讯喜出望外,收拾行李即刻启程。

两个多月前,奶奶的那次长途奔波,是为了逃婚,心中满是恐惧与不安,不知道前方等待自己的是什么。而此次,20多天的迢迢长路与艰难跋涉,全都化作了即将与君重逢的满天欢喜,她已然清楚路在何方,未来可期。尽管酉阳地处大山深处、抗战前沿,与那时的陪都重庆相比,无论是生活条件还是自身安危,简直不可同日而语,但是奶奶不管不顾地就是要回到自己的新婚丈夫身边,哪怕一起战死沙场,也要化作一对绚丽的蝴蝶,风中起舞。

在酉阳的短暂日子,是奶奶最幸福的时光。爷爷带兵操练,浑身是劲,奶奶学做家务,煮饭补衣,其和谐与恩爱连部队的女眷们都羡慕不已,说真是"英雄配美女"。

这期间,奶奶开始称呼爷爷为"外子",且从此叫了一辈子,即便是2003年爷爷病危弥留之际,奶奶依旧这么轻轻地呼唤他。

40多天的巡回教育培训之后,爷爷得到了87军军长高卓东的赏识,他亲自奖励了爷爷1000元,并致信刘震清教育长,请求留下爷爷带兵打仗。刘震清询问爷爷意向,爷爷二话没说,当即同意。

在那个敌强我弱、浴血抵抗的战争态势下,亲自领兵打仗,冲锋陷阵,刺刀见红,其艰苦的程度与死亡的概率远远大于在后方军事院校当教官,对于这一点,战争中的每一个人都很清楚,也知道它对个体的命运意味着什么。

但是爷爷毅然决然地选择了前者。在他看来,军人的职责就是服从,战士的位置就是战场,大敌当前、家国有难,一个字:"干!"为此,爷爷把自己的心声写给了刘震清。教育长把这封信贴在了步兵学校的布告栏上,让全校的师生看看他的得意门生那文情并茂的战斗檄文。可惜奶奶对此一无所知,也没见过那封信,只是后来抗战胜利后,在爷爷与步校同事教官们的一次相聚中,她听人偶尔提及过此事,否则我们一定会从奶奶对信的记忆复述中,更为深切地感受到爷爷那一腔热血与情怀。

爷爷被高卓东军长直接任命为 87 军 43 师 128 团第一营营长,他此前对奶奶讲的他是营长,显然是提前给自己预支的一个头衔,这下他名副其实了,也让奶奶顺理成章地做了回真正的"营长夫人"。

他和奶奶乘车由酉阳县城到龙潭镇前去赴任的前一天晚上,两个人心情很是激动,睡不着觉,在宁静的山坡上聊天。奶奶在书中讲述:"这天天气很好,满天的星辰,好看极了。我告诉外子牛郎织女的位置,他告诉我:'什么星的位置都不重要,一定要知道北极星的位置,夜晚走路,只要见到北极星,我们就不会迷失了方向。'"

在这里,需要简单介绍一下爷爷的军长高卓东。在《中华民国南京政府将军名录》中,有关他生平的介绍很简短,仅以"河北丰润人,陆军中将。曾任师和军参谋长、副军长、军长、河北省保安副司令、新二军军长、北平铁甲军司令等职，1948年9月晋升中将"等文字概述。再寻找散见于各方的零星信息，可大致梳理出高卓东在抗日战争期间的经历。他早年毕业于保定陆军速成学堂，为第八期学员，在抗日战争中崭露头角，开始步入国民党军的高级将领之列，他第一次走马上任军长是在1941年的9月，率领的部队就是爷爷所在的第87军，军衔为少将。以军长之尊，领少将衔，这在国民党军的将星序列中显然有些低，但考虑到87军是战时由地方保安部队仓促组建，一个历史很短且非嫡系的杂牌军，能有一位少将来统领，也不失为一种高配，显示出其比较特殊的地位。

从奶奶书中的记载，可以明显地感到，高卓东军长对爷爷这位亲自请来的步校教官是关爱有加的，并给予了应有的礼遇。爷爷虽是步校的一名少校团副教官，但到前线部队一上来便被直接任命为正营级实职军官，算是一种破格重用。当然，这里面的原因也有一个信息引起我的联想，那就是高卓东也是河北人，与爷爷同为乡党。

得到了上峰的赏识和信任，此时的爷爷必定是意气风发，壮志凌云，这一天他等得太久了，从在西北军做"娃娃兵"时就开始了。他对奶奶说的那段有关北极星的话，极富哲理，蕴意深长，既是他特定场景的即兴而为，也是他多年部队生涯的经验积累。

那一刻,爷爷想没想到自己眼前这次变化的意义,尚未可知,但凭爷爷那过人的悟性,他一定会意识到,只要认准了军长高卓东这颗亮晶晶的北极星,人生便有了方向,再也不会迷路,奋斗便有了指望,前途一片光明。

十二

爷爷奶奶难得的温馨与浪漫一幕,很快就被残酷的现实所取代。到了龙潭军营,奶奶才真正明白什么是前线,什么是军人,以及什么是军人眷属。

奶奶清楚地记得,她是"民国三十二年十月到的酉阳,十一月就到龙潭镇,天气已经很冷了。八十七军在湘西会战,与日本鬼子做殊死战斗的时候已经伤亡殆尽,后来在川东重新整军,训练新兵,除了班长、副班长之外,都是新来的。龙潭地处高原,非常冷。可是我们新来的弟兄,此时还是穿着短袖衣和短裤。弟兄们冷得发抖,他们的营长,也就是我的丈夫孙彦波看在眼里、疼在心里。在无计可施的情况下,想出一个办法,每天清晨四点钟就起来集合跑步,来回跑八公里,他自己也穿着短衣短裤。跑完了集合,问:'弟兄们,冷不冷?'大家齐声说:'不冷!'此时已是满头大汗,当然不冷,然后再开始一天的训练工作"。

穿的如此,那吃的呢?"每人每天二十七两糙米、三钱油、二钱盐,菜是地方乡镇公所送来的。每次送来的菜,因为是不用花钱的,人又多,所以最好的也是人家不能吃的。

菜的边皮，也就是菜的老皮，还比较好吃，最不好吃的是老瓜藤。老瓜藤都已经木质化了，可是伙房还是洗干净切细细的煮久一点，再加上油盐。盐不够咸，兄弟们就把微薄薪水拿一点点出来买辣椒粉，放在汤里面辣乎乎地配饭吃。"

在龙潭，奶奶怀孕了，强烈的妊娠反应把她折磨得死去活来。而接踵而来的食物匮乏，又让她一把面条吃四天，营养极度不良。好在这段苦不堪言的艰辛岁月，有爷爷陪伴在身边，让她看到了一个更加真实而全面的丈夫。

为了填补肚子抵御饥饿，爷爷有次叫上奶奶跑到一个三百米高的山坡上，说："我们经常到这儿来打靶，你看那棵树上有一只鸟，我把它打下来，我们烤烤吃，你拿个小石子把鸟赶出来。"奶奶照做了，那鸟飞起，爷爷一枪就把鸟儿从空中打落在地。奶奶好奇地想："好准的枪法啊，原来我的丈夫还是个神枪手！"

神枪手爷爷还爱喝酒，且一喝高了就发酒疯。一天，爷爷又酒气熏天地回来，进门见奶奶跟房东的客人礼貌地说了几句话，顿时火冒三丈，上前就把人家骂了一顿，且骂得很难听。这下可把奶奶气疯了。

我生气不会大吵大闹，只会掉泪，并告诉他："你每次喝酒都会发酒疯，我真的受不了了！"他见我生气，就想一走了之。我更气，就把他的枪扣着不准走。他什么也不怕，就怕我哭。此时又来哄我:"妹妹乖,不要哭,我最怕你哭,真的,我决定以后谁灌我酒都不喝,再喝我就不是人!为了喝酒,闹得这个家乌烟瘴气,何苦呢?这是我的错,我对不起你,你就原谅这一次吧,以后绝不再喝酒。"我听他说得如此真的后悔,又结束了这场闹剧。自此以后,再不见他喝酒。

奶奶记忆中的这"又一场闹剧",来得非常及时,也格外重要。戒酒,不仅让自己的丈夫在瞬息万变的战场上,能够始终保持着清醒的头脑,而且在波谲云诡的乱局中得以审时度势,几度化险为夷,保全了自己与家人的性命。

对于战争,每一个个体会有不同的感受。倘若我爷爷来写,那一定是战场的厮杀、双方的谋略以及最终的胜负,但奶奶是个女性,她只能从一个军人妻子的角度来讲述这场战争带给自己现实生活中的直观影响。而这恰恰给了我一个前所未有的崭新视角,来观察被血腥的战争所掩盖起来的人性善恶,去品味宏大叙事中常被忽略的关键细节。奶奶的讲述虽然带有生活化的琐碎特征,但却是残酷战争最真实的折射、人心向背最直观的反映。

奶奶在书中曾特别提及了一件事,说临近过年前,全营军官看到自己的首长夫妇跟弟兄们一起吃糠咽菜,于心不忍,便共同凑钱买了四只鸡送给营长夫人,以表达对营长爱兵如子的谢意。怎么办？却之不恭，受之有愧，人家已经送来了，奶奶只好暂时收下。两人商量先养几天，等过春节时，杀了请大家来家里过年，并命令他们以后不许送礼。谁知道，临过年前几天，乡公所的乡丁，也就是办事员，到每户老百姓家强行抓人家的鸡，闹得整个村子鸡飞狗跳，骂声一片。

这天，一个乡丁来到奶奶住的房东家，见到了那四只鸡，立刻眼冒金光，当着营长夫人的面就公然抢夺起来。这下可把奶奶惹毛了，她上前一把把乡丁的枪夺过来，厉声呵斥道："你实在太可恶了！你们这些混蛋专门欺辱老百姓，滚回去，叫你们乡长把枪拿回去！"

碰到奶奶这个"汤家老屋"走出来的营长夫人，乡丁这次算是倒了霉。但是那些老实巴交、艰苦度日的村民百姓，在承受战争强加给他们的生活磨难之时，还要时常遭到身边这群飞扬跋扈、狗仗人势的乡丁侵扰，他们对此除了忍气吞声、任人宰割，真是别无他法。

奶奶对此非常愤怒，在写到这一部分时，少有地加了一段内心的强烈感受：

抗日战争，我们全国官兵弟兄们都是这样艰苦奋斗、忍饥受冻，只是为了不愿意当亡国奴，为了保国卫民，牺牲奋斗。全国的兵员前仆后继，多少父母忍痛割舍自己的心肝宝贝儿子，多少人子离开家门后永无音讯，多少母亲天天倚门伫立，希望爱子归来，多少父母在自己咽下最后一口气的时候，还喊着爱儿的名字："我儿呀，你在哪里？"我的公婆与我的父母都如此，在临终时喊我们的名字。这是后来家里人告诉我们的。在全国上下艰苦奋斗多年后始能得到最后的胜利，就在上下一片欢天喜地时，少数政客与贪官污吏又把国家搞到乌烟瘴气的地步，叫人民怎能安心而不觉寒心呢？

　　作为一个十八九岁的女性，奶奶能以一种敏锐的眼光看待这场战争的残酷性，这一点也不让人吃惊，因为她在保育院时，早已显示出她冷静的观察力和理性的思辨力。但是她能由战争的表象而引申到人心的向背，则真是令人刮目相看。她所展示出来的坚毅果敢与凛然正气，一定是她内心情感的自然流露。

十三

1944年初秋,爷爷和奶奶遭受了结婚以来最大的一次危局考验。

127团第二营庞营长的太太找到奶奶,说:"咱们的男人带兵打仗两个多月都没回家了,你不想吗?不行,我们一起去营地探望一下吧?"奶奶说:"我没有,要去你去吧。"庞太太于是便说:"我去我老头那里要经过孙营长的防区,前面还有二十公里,我要在你们那儿住一个晚上,第二天还要请孙营长派兵送我,才能到我老头那里,我求你了,好不好?"

男人们都是一个部队的同僚,两个营长太太也算是相互认识的女眷,且都怀有身孕,人家有事上门张口,这面子真的不好回绝。何况分别多日、彼此想念,又是年轻男女的共有常情呢?奶奶禁不住对方死乞白赖地再三请求,只好答应了随她一道前往。

两个孕妇军眷到了爷爷的防区已是晚上,庞太太嫌住处太简陋,就跑到乡公所所长那里歇息了。第二天,庞太太的哥哥,也就是爷爷所辖的三连连长,以爷爷的名义让二连连长派了一个排的兵力护送庞太太。谁知庞太太前晚在乡公所时走漏了消息,路上遇到土匪埋伏,庞太太被俘,所有货物也都被抢劫一空,还伤了五个士兵弟兄,丢了两条枪。原来庞太太一伙是在利用部队走私贩盐!

一直蒙在鼓里的爷爷闻之,气得拍桌子瞪眼,浑身颤抖:"糊涂啊糊涂,怎么能干这种事呢?!不是说只有他太太吗?怎么还有走私盐呢?"他立刻意识到问题的严重性:兵是自己本营的,人是自己妻子陪着来的,就凭这两点,自己也脱不了干系。更令人意想不到的是,庞营长见事败露,为了脱责,马上反咬一口,说爷爷为了掩护私货利用了他太太。

事态闹到这种地步,算是一下子捅破了天。上峰派人到爷爷营地查了两个多月,最终才水落石出。军长骂庞营长不要脸,非要枪毙他不可,后经师长说情,给了个两年徒刑的军法处置。那个没有我爷爷直接命令就派兵护送的二连长被革职,而庞营长的大兄哥,即暗中策应调度的三连长,却只给了记大过一次。爷爷虽然最后证明了清白,但因"对部下和家眷管教不严"被记了两个大过,此前他努力练兵、月月嘉奖的功绩一笔勾销,全部化为乌有。而更为严重的是,有过在身,有惩入档,这对爷爷日后的仕途与晋级,势必产生不利的影响。

一个品行不端的营长犯下如此严重的走私罪行,却只判了两年徒刑，而毫不知情、无辜被牵连的营长爷爷受到的处分，竟然比参与走私的下属连长还多一个，对这种事理不分、奖罚不公的处理结果，奶奶虽没有在书中予以直接的评论，但是心中的失望、不满，甚至是愤懑，却早已透在了字里行间。当然这里面也饱含着奶奶的一种深深自责，她对自己因轻信与轻率而给爷爷带来无妄之灾懊悔不已。

战时国民党军的军纪不严与军风不正，由此可见一斑。它让人忍不住要更深一步地追问下去：连营长都在公然走私，大发国难之财，那他所带领的部队，其凝聚力和战斗力又会怎样呢？也许这属于个案，但令人细思极恐。

其实在龙潭当地，走私盐巴还算是小打小闹，更为严重的是贩卖鸦片，走私烟土，且官匪勾结，为害一方。从奶奶书中提到的另外一件事，足可以看出当时国统区内这一行径的猖獗与泛滥。

庞太太事件尘埃落定后不久，一个陌生的男人神色慌张地找到奶奶，要送给她一块黑黑的、大约有 20 斤重的东西。原来，他的老板贩卖鸦片被爷爷带兵抓住了，来人愿以这么多的鸦片作为酬劳，请奶奶帮忙说情，让爷爷放人。奶奶当然不干了，当场予以坚决拒绝。

谁知没过几天，老板的儿子亲自登门了，陪同的竟然还是乡公所的干事！来人拿出一包厚厚的、四四方方的钞票，对奶奶说，这是五元一张的官金票，一张可值五美金，这包能换20万美金，只要爷爷高抬贵手，就全归奶奶了。

抗战时期，为应对物价飞涨而造成的货币贬值，政府曾发行了一种特别的金券，爷爷和奶奶从没用过，也不知来人从哪里弄来那么多的现钞。这一次，奶奶自然更加不敢要了，大呼小叫起来，让他们赶紧带上东西离开。爷爷回来后说："你处理得对，我们不拿那些肮脏的钱。他们可能会找到上面去，谁愿意要谁去要吧。"

前方吃紧，后方紧吃，世风日下，正不压邪。这极其恶劣的外部环境，必然会影响到身处其中的部队官兵，就连爷爷极其信任的贴身传令兵江云方也未能幸免。

他染上了赌博恶习，在外欠下钱财，被人家追讨威逼之下，竟然偷走了奶奶辛苦积攒下将用于分娩的1000元。

爷爷闻之暴怒，掏出手枪转身就要走："我要枪毙了他！"奶奶听了吓了一大跳，赶忙拦住说："不可，把他交给我处理好了。"

奶奶对江云方晓之以理动之以情，说："你想想，你从娘胎出生才一尺多高，然后每天心肝宝贝般地把你保养长大成人。现在日本鬼子欺负我们，叫你们来保国为民，结果你还没有上战场，就因为赌博输了，就偷，叫人家抓住枪毙了，你对得起父母的养育之恩吗？对得起国家对你的栽培吗？对得起长官对你的信任吗？"直说得江云方愧疚不已，指天发誓再也不赌不偷了。

奶奶见状，善心大发，不仅不再追究他的死罪，反而让他把那钱用去还赌资，感动得江云方连连磕头："嫂子，你放心吧，我即使拼上性命，也一定会把营长照顾好的！"从此奶奶再没听说他赌博。爷爷后来被日本鬼子打穿大腿骨后，就是江云方冒死相救，并一直护送着爷爷到达陆军野战总医院，不离不弃，相随左右，也算是偿还了爷爷奶奶的大恩大德。

奶奶说，当年酉阳县龙潭镇的很多人都认为我爷爷为人正直，不贪不腐，带出来的兵也很守规矩，对待乡民客气和蔼。尤其是爷爷剿匪禁毒，那是真刀实枪地干，铁面无私，毫不留情，无论是贩毒者，还是吸毒者，都很怕他，一个个躲得远远的。村民们感念爷爷的清正廉洁，造福一方，便自发地组织起来，要为他修建一座"彦波亭"以资纪念。可惜"彦波亭"还没有建好，爷爷就随着开拔的部队上了前线。

给奶奶留下终生难忘印象的酉阳龙潭镇，我没去过。但是查阅相关资料，可知龙潭镇位于渝东南武陵山区腹地，面积有1.5平方公里，因辖区内的伏龙山下有两个状如"龙眼"的氽水洞，积水成潭而由此得名，今日的龙潭已成国家AAAA级旅游景区。

古镇依湄舒河而建，而湄舒河自古就是连接酉水、行舟沅江、通往江浙的商旅大通道，千百年来，此地一直是兵家必争之地。抗日战争爆发后，龙潭古镇有国民党军重兵把守,成为沦陷区民众避难的大后方,当时来自全国各地的兵民就有八万多人。小小的深山古镇一时间商贾云集、人烟阜盛,被誉为"战时小南京",蜚声全国。当年,很多"左联"爱国人士,如著名女作家丁玲、戏剧大师田汉等就是千里辗转到此稍做休整后,才奔往成渝等地的。

读丁玲和田汉等人在龙潭写下的诗文,可以明显地感受到,同样是国难当头、颠沛流离,在文人墨客眼中,这个千年的深山古镇风光优美,历史悠久,民风淳朴,然而它留给我奶奶的印象却是食不果腹的饥饿、衣不遮体的寒冷、猖獗一时的匪患、泛滥成灾的走私,以及危机四伏的惊悚和劫后余生的庆幸。

没有办法,一群人栉风沐雨、历经艰险,终于逃出了苦海,他们将由此向西出发,欢呼雀跃地奔向安全的大后方,另一群人却枕戈待旦、厉兵秣马,悄悄地擦亮了刺刀,他们将由此向东进发,迎着枪林弹雨,走向浴血死战的沙场,两个生死截然不同的方向,决定了擦肩而过的两群人不同的心情与感受。

只是这个鲜明而巨大的反差,让人感慨万千,唏嘘不已。作家们来过,走了,在龙潭留下了刻到石碑上的传世诗文,供今天川流不息的游客们欣赏膜拜。而奶奶也来过,也走了,但她却悄无声息,无人知晓,只留下一个普通而年轻的军人妻子对那场不曾远去的战争所做的怅然回望与文字追忆，让自己的子孙晚辈品读，至今看过此书的不过三四十人而已。

　　如果有机会，一定去龙潭看看，替奶奶再访一下她曾朝夕相处的村里乡亲，缅怀一下她客居他乡的青春岁月，祭奠一下爷爷奶奶生死相依的抗战爱情。当然更要探寻一下，那座"彦波亭"最终建好了没有，现在还在不在。

十四

1944年10月15日,爷爷所在的部队突然得到指令,要火速赶往前线,对日作战。尽管这一天迟早会来,但是当急促的集结号划过长空之时,所有人的心都提到了嗓子眼里,大战来临之前的气氛骤然紧张而凝重起来。

还有几天就要生产了,爷爷却要在这个关键的时刻离她而去,奶奶再次遭遇了一场突如其来的人生重大考验。在许多需要交代的家事中,爷爷极其冷静地提出,当务之急是搬家。他清醒地意识到,部队一走,当地的土匪黑帮们定会卷土重来,贩毒走私者也会趁机作乱,奶奶继续租住在龙潭的老房屋里,绝对是个可以预料到的大隐患。

但是,此时的爷爷已经没有精力和时间来处理这些了,他丢下一句"我派个传令兵帮你赶紧找个离留守处近的房子吧",便全身心地扑在了军中事务上。无奈,心急如焚的奶奶只好挺着即将临盆的大肚子,到处找合适的新住处。

部队出发前的那晚九点钟,爷爷回来了。

爷爷说:"妹妹,我相信你会接受这一次痛苦的别离,这是无可奈何的,我和你一样痛苦,可我不能为了我们的私事耽误了国家大事。你我都是爱国分子,对不对?你是我的好妻子,你是很勇敢的。我的好妹妹,不要哭,你哭,我更走不动了。我们是爱国分子,我不会也不能临阵脱逃,那不是我孙彦波,也不是你的好丈夫,对不对?妹妹,笑一个,你笑了,我好走。"

奶奶痛苦地挤出一丝笑意,说:"哥哥,我好害怕。"

爷爷说:"妹妹,不要怕,勇者是不会害怕的,勇者无惧,你一向都非常勇敢,能接受苦难的煎熬才有灿烂的明天。妹妹,你是勇敢的,我相信你会平安地产下我们爱的结晶。你要好好的,小心地把我们的孩子抚养长大。妹妹,保重,我要走了,来不及了,赶不上队伍了。妹妹,别了,再见!"说完,爷爷义无反顾地推门走了,消失在黑沉沉的夜色之中。

这生离死别的一幕,在许多影视剧的演绎中,我似曾相识,并不陌生,甚至看多了还会报以会心的一笑,但当它是出自奶奶对亲身经历的真实述说时,我已无法淡定地读下去,眼里噙满了泪水。

十月怀胎,满怀喜悦与希望,正等待着一个新生命诞生的时候,年轻的奶奶突然要与自己的丈夫生离死别,没有比这更糟的境地了。爷爷毅然决然地离去,带走的不仅仅是妻子揪心的牵挂,还有一个女人最需要的那份安全感啊!

对纷乱战局的迷茫,对亲人安危的担忧,对险恶处境的恐惧，以及对即将临盆生产的忐忑不安，当这一切，刹那间全都集中地爆发，汹涌着、嘶吼着扑向一个即将初为人母的年轻女性之时，奶奶所面临的撞击、所承载的压力、所经受的苦痛，该是多么巨大而深重啊！尽管奶奶对此着墨不多，但一句"哥哥，我真的好害怕"，已然道出了她那撕心裂肺的凄楚和孤独无助的惶恐。

我想象得到，那一晚奶奶一定整夜未眠。凝望着屋外黑沉无边的夜色，抚摸着腹中悸动不止的胎儿，她的心伴随着爷爷离去的脚步，由近到远，又由远而近，"咚咚"直跳。

而同样值得咀嚼的，还有爷爷说的那句"勇者无惧"。一个常用在男人们身上的短语，爷爷在关键时刻却拿来鼓励自己妻子，让人颇感意外。这要放到今天看，一定会给人以生硬的感觉。不过还原到当时的处境，却越发觉得没有比这句更有说服力的了。

作为一名职业军人，他必须首先是个无惧的勇者，这对爷爷而言，是件天经地义的事情，但他也要求自己的妻子做到这一点，除了爷爷刚毅率性的性格使然，还有一点很值得琢磨，那就是在爷爷的潜意识里，奶奶既然嫁给了一个军人做妻子，那她就要承担起妻子和军人的双重角色，必须也做个无惧的勇者。在他看来，大敌当前，生死关头，奶奶不仅要以勇者的姿态接受这个残酷的现实，而且还得以无惧的心态战胜这场痛苦的磨难。"勇者无惧"，尽管这是战争强加给女性的一种形象，但是由于它也是爷爷所期待的，所以奶奶不仅勇敢地接受了，并且坚毅地面对着。

急匆匆的路途邂逅中，爷爷一句"有结婚，但已死多年"的绝情谎言，一举打消了奶奶的疑虑，三下五除二就抱得了美人归。仅仅过了一年多之后，在凄惨惨的生死离别时，他又用一个"勇者无惧"的刚性词汇，鼓起了奶奶的勇气，快刀斩乱麻地解决了后顾之忧。如此，越发地让人对爷爷做思想工作的技巧感到佩服，也为这一对年轻的夫妻那心有灵犀一点通的默契而折服，更为两个爱国分子那浓郁的家国情怀而深深地感动。

部队走了十天之后，也就是1944年10月28日，奶奶在川东酉阳的大山深处，生下了与爷爷的第一个孩子，即我的二叔孙镇川，此时奶奶年仅19岁。

二叔出生的第二天，奶奶接到了爷爷离别后的第一封家书：

妹妹：

我已离家三天了，这三天比三年还长。我时时刻刻都在想着写信给你，但是就是不知道此时此刻要怎么安慰你、鼓励你。我很好，你不用挂念。这三天，我们已走了两百多公里，已过了湖南沅陵了，快要经过上矮寨下矮寨了。队伍的情形都还好，我唯一挂念的就是你，你好吗？我想你接到这封信时应该已经生产了，我简直不敢想象你在最痛苦时那种举目无亲、孤立无助的情形。每想到这里，我就无法自处。妹妹，勇敢地承受这次痛苦吧！

在此祝福你平安，妹妹再见。

最爱你的哥哥 波 上

奶奶也立刻回信，告诉他生了一个可爱的宝贝儿子，母子平安。

奶奶没有提爷爷为什么要给儿子起名叫"孙镇川"。但是顾名思义，就是为了纪念爷爷镇守四川的从军经历。而这个起名法，也与父亲的名字相对应，一脉相承。只是不知是爷爷一时记混了，还是父亲后来自己搞错了，父亲从小到大、结婚工作一直使用的名字是"孙振江"。

"镇"和"振"，音虽同但字不同，对爷爷这样识文断字的人来说，一般是很难搞错的。当父亲的，也许记不得儿子的生辰八字，但哪有记错了名字的呢？何况又是自己的第一个亲儿子啊！

11年前，那个小生命的诞生，一定给过他初为人父的惊喜，更给了他走出南吴庄、重启新生活的重要理由，这一切他定然刻骨铭心，终生难忘。与之相关联的，是三爷爷唯一的儿子，虽比父亲只小一岁，但他名字中间用的也是"振"，这也从另外一个角度说明，"振"是老孙家到了父亲这一代用以起名的辈分之字，一如爷爷兄弟三人的"彦"字。今天，我能想到的理由，能找到的依据，都清楚无误地指向了一点：爷爷知道大儿子用的是"振"字，而他给二儿子用"镇"，乃有意而为。

　　之所以要在一个音同字不同的用名上搜肠刮肚地斤斤计较，那是因为父亲生前对此看得很重。他觉得这一字之差，让他与台湾的弟弟妹妹们之间有了无形的隔膜，产生了难以言状的疏离感，找到父亲后的欢天喜地，很快就被这个敏感而沉重的话题所取代。父亲从小就胆子小，一辈子从未跟人起过争执，但他却在"振"和"镇"字上，解不开心结，一直跟我们兄弟几个念叨个没完没了。我知道，他在跟爷爷暗自较劲，想为自己争得一份自尊，一份长子的名分。

　　很显然，爷爷给新出生的二儿子起名叫"镇川"，是花了一番心思的，断然不是一时的冲动之举。在他看来，"镇"比"振"更有纪念意义，更能得到同样识文断字的奶奶的认可，何况二者音又相同，那把"孙振江"改成"孙镇江"，又有什么不可以呢？随着更多的儿子女儿起名用"镇"字，久而久之，连爷爷自己也恍惚了，认定了"镇"就是他给予儿女们共享的吉祥字。

　　记得20世纪八九十年代，海峡两岸通邮后，父子通信中，父亲执拗地一直用"儿子振江"落笔，而爷爷也执拗地始终用"镇江吾儿"开篇，让人每每读来，心中充溢酸楚。

战争带给家庭的后遗症，真是深入到了每一个人的骨髓之中，即便历经岁月的沧桑洗礼，也难以彻底消弭，它总会在某个不经意的细节里顽固地显现出来，时刻昭示着后人活着的不易与和平的静好。

十五

爷爷临走时，给奶奶留下了两个勤务兵照顾她。

谁知这两个年轻人不仅帮不上忙，反而成了奶奶的累赘，她每天还得考虑他们的吃饭问题，真是有苦难言。一个根本无心伺候，整天哭丧着脸，另一个则好吃懒做，神经兮兮的，惹得刚坐月子的奶奶心中不平，那股子暴脾气一阵一阵地往上冒，终于忍不住斥责道："你们都走吧，我不用你们啦。你们是干什么的？"

那个没好脸色的勤务兵回答得挺干脆："干27两的！"（抗战时期，国民党军制定的士兵伙食标准为一日三餐，每餐九两，合计27两，因此"27两"就成了当兵的代名词。当时的计量单位是1斤按16两计算，一两折合现在的37.3克。）奶奶一听，愣了，但立刻明白了他的本意："好，你干27两，那就是说要到部队干，打鬼子上战场，那你去找你们营长去吧，路费多少我给你！"

产后第四天，奶奶就把两个勤务兵全打发掉了。尽管随后的月子异常艰辛，但她不后悔。那个好吃懒做的家伙走了，她觉得自己也解脱了，反而挺清净的。而那个愿意上前线的小伙子,她理应成全,何况战场比这里更需要他。初为人母的奶奶,所表现出来的大局意识与豁达坚忍,真是巾帼不让须眉。爷爷没看错她,她也真的把自己当成了无惧的勇者。

在那段与刚出生的儿子相依为命的苦难日子里,奶奶书中提到的一个细节,读来令人既心酸又好笑。

1945年春节过后,奶奶请算命先生给二叔算了一卦。那人煞有介事地说孩子一百天那日不能见天,躲过了就会平安无事,奶奶对此深信不疑。

二叔百日那天一早醒来,奶奶就躺在床上不出门,以躲过这特殊的日子。谁知七点钟不到,就听得有人叫喊:"孙太太,快起来呀!外面烧房子了,快烧到这里了!"奶奶不慌不忙地说:"不要开玩笑了,我儿子今天一百天,算命先生说不能见天,见天会有灾难。"

外面的人急了,更加大声地喊:"真的,孙太太!火快烧到这边了,你要快一点,慢了就来不及了!"说话间屋外人声鼎沸,吵得很凶——奶奶这才慌了,赶快穿衣服,抱着儿子冲出屋子。

这场大火虽然没有造成人员伤亡,但由于扑火,房子被水浇得成了危房,根本无法再住下去了。奶奶抱着一百天的儿子,无家可归。

对于这场意外,奶奶只用了一句"大概天不绝我吧"来过渡，她那乐观豁达的豪迈之气，越到关键时刻越发突显出来。

许是知道这边出事了，一位营长的太太来看奶奶，见状便说："别急，部队临走前为安置眷属租的房子里，还有一间空闲的，我派传令兵收拾一下，你就搬那里住吧。"奶奶闻听，愁苦的心情立刻为之大好，满口答应。

搬过去奶奶才发现，那是个大院子，里面早已住了十几位官员的眷属，且由留守处的人员专门负责照料。这么一个安全集中的地方，为何爷爷一开始没有选择呢？

我猜想，细心的爷爷大概是考虑到奶奶生产需要安静，十几口子的女眷集中在一个大院里，人多眼杂是非多，还不如在近处单独找间房子图个安静，何况又有自己的两个勤务兵看护着。然而，百密必有一疏，爷爷肯定没想到自己左挑右拣选定的士兵敢跟奶奶叫板，他更想不到，奶奶会一不做二不休，直接把兵都给辞退了，并且一场突如其来的火灾，差点要了母子二人的性命。

奶奶没有表达对爷爷丁点的埋怨与不满，但我还是从中看到了爷爷人性的弱点。尽管，他像一个无惧的勇者，可是具体到自家身上，他除了看对了奶奶，其他的还真是看走了眼，让人不敢恭维。

给自己选的那个传令兵，竟然私下赌博成瘾，还敢偷他的钱财，胆子何其大也！对此，他浑然不知，一直发展到事情完全败露。幸亏奶奶晓之以理,破财感化了对方,否则,爷爷岂不是给自己身边安放了一颗定时炸弹吗?

给奶奶选的两个勤务兵,一个宁可战死沙场也不愿苟且偷安,在后方伺候人,此种情绪,他毫不掩饰,溢于言表,可爷爷却视而不见;另一个好吃懒做,还神经兮兮的,爷爷前脚走他后脚就敢指使起自己长官的太太来,想必爷爷听闻也会大吃一惊。

从小就当兵打仗,且做过步兵学校的教官,也培训了众多的战时官兵,应该阅人无数、经事不少,更懂得知人善用,怎么偏偏会给自己以及亲人选了这样的下属呢!这真让人跌破眼镜,难以理解。

那场大火过后没多久,二叔便生了一场大病,差点要了小命。此时当地正爆发严重的脑膜炎疫情,死了很多人,四个来月大的二叔也不幸被感染,不吃不喝,奄奄一息。

奶奶吓得魂不附体,抱着儿子疯了一般地往医院跑,回来按方子抓药给孩子吃,二叔吃了就吐,跟着翻白眼。奶奶回忆说:"我再抱着儿子往医院跑,医生再开药方,换另一家药房再买药回家喂,儿子吃药,吃完再吐,再翻白眼;我再抱着我儿子跑医院。天黑了,下小雨,我抱着儿子拿着雨伞、提着灯笼走着泥浆路,半夜到药房敲门,药房不开门。我苦苦哀求到开门,买药回家喂儿子,再吐,再到医院,周而复始,到天明我已跑了七次医院。"

天亮后有人告诉奶奶说,师长太太那里有治这种病的特效药,或买或送,只要一支,孩子就有救了。奶奶一向爱面子,遇事不愿求人,尤其高官,但是为了救儿子,她已顾不得那么多了。奶奶说:"我去,我愿意去求她。"

还好,师长太太很给面子,并叫留守处处长李占国陪奶奶一起去医院。医生说这种药是大人用的,小孩子吃了太危险,还是再让师长太太换支小孩子的吧。没办法,孩子已经危在旦夕,奶奶只好硬着头皮再去求人。李占国说他跑得快,可以去换。谁知这一走就是两个多小时不见个人影。心急如焚的奶奶,把孩子一放,一路小跑地到了师长太太处。

一进去就看见李占国,我说:"你拿来换的药呢?"他说:"我在吃饭,吃完了马上就去。"我说:"混蛋!你说你跑得快,你来换,结果两个多小时过去了,你这个混蛋还要吃饭,吃你娘给你生的蛋!"他说:"你再骂人,我叫人来揍你!"我说:"谅你也不敢!我现在就是找你这个王八蛋拼命的!我儿子好了就没话说,我儿子要有不测,我会跟你拼到你死我活!"吵着吵着,师长太太来了,问:"你们在吵什么?"我把情形告诉她,她说:"李主任,你怎么这么没用?这点事你都做不好!要是这孩子真的有不测,我们怎么对得起前方的人?快,药在哪里?我跟你们去!"

这是奶奶在书中第一次写到她骂人。人命关天之时,一个本职工作就是为眷属们服务的官员如此作为，难怪奶奶要把肺都气炸了。如此不负责任的人还能当留守处处长，简直匪夷所思。对此，奶奶只能情急之下大骂他一顿而已。

当然，爷爷在，相信那官也不敢这么玩忽职守，可是当前方与后方变成这样一种诡吊而紧张的关系时，那在前方浴血奋战的将士们还能安心杀敌吗？

好在，二叔大难不死，得以转危为安，从死亡线上捡了一条小命回来。奶奶在信中也没有提及李占国之事，只是告诉爷爷，由于得到了师长太太的救命药，孩子病愈了，且没留下任何后遗症，有儿子陪着，自己比较不寂寞，一切安好，请勿挂念。

十六

1945年清明节前,爷爷又来信了。信是这样写的:

妹妹,来信收到。你叫我不挂念,我怎么能不挂念?我时时刻刻都在想着你和孩子。孩子生病,你辛苦了,我一点也帮不上忙。孩子好了,我很高兴,我好想看看我们的儿子,可是不可能。等打完了这一仗,打胜了就可以回家看你们了。妹妹,我好想你,知道吗?我每天晚上抱着枕头喊妹妹,你听得到吗?妹妹,好想你,我每天都在拿着笔画你,你看,我把你画成这个样子,一个鸡皮鹤发的老太太!你放心,你的丈夫不是一个善变的人。我告诉你怎么画呀,这样画,"汤荣章",你看像不像个老太太手里拿着一根拐杖?这就是你的签名用字。我的签名用字是这样的,"孙彦波"。好了,今天不写了,下次再谈吧。

最爱你的波 上

此时距离爷爷离开已经快半年了,爷爷每次的来信,奶奶都保存起来,一有时间就翻来覆去地看,所以她记得清清楚楚,倒背如流。在这封信里,奶奶没有把爷爷精心设计的那两个特殊签名字画附上，这着实让人有些遗憾。但我能想象出来，那是他在战斗闲暇，用以打发孤独的时光、排遣思念之情的一种方式，且进行了反复的琢磨与练习，一定勾画得生动飘逸，情趣盎然。

爷爷一直没有说战场的情况，只是轻描淡写地说等这一仗打完了，且打胜了，就回家看妻儿。显然爷爷是有意含糊其词的，既怕泄密，也怕奶奶担心。但是长达半年的时间里，爷爷这支部队都去哪里了？在哪个战场拼杀？战果又如何呢？这一个个扑朔迷离的问题，勾起了我欲知其详的强烈冲动。

根据"87军43师128团第一营"这几个关键词，我反复地查询着他们当年在战场上留下的蛛丝马迹。可惜，从湘西会战之后，有关87军参战的资料就很少了，倒是意外地发现，1944年8月，87军发生了一次重大的人事变动。该军隶属第10集团军后，军长高卓东调去国民党军事委员会军政部任职，罗广文继任军长，王育瑛、刘翼峰任副军长，下辖的第43师，依旧由李士林任师长。也就是说爷爷此时的军长已经变成了罗广文。

罗广文绝对算是一个名震遐迩的抗日将领。1944年初，18军副军长兼18师师长罗广文率部参加了被西方军事家誉为中国的"斯大林格勒保卫战"的鄂西会战。罗广文的儿子罗佑群先生在《我的父亲罗广文在抗战中》一文中回忆，战斗打响后，罗广文亲临战地指挥，在石牌一线阻击10000多人的日军主力部队的疯狂进攻，双方战到最后关键时刻，整个阵地长达三个多小时没有枪声，全都在肉搏战、拼刺刀，可谓"遍地尸首，血流成河，一寸山河一寸血"。最终，18师官兵打退了日寇的疯狂进攻，守住了阵地。这就是著名的石牌战役，它对鄂西会战的最后惨胜起到了十分重要的作用。

战后，重庆国民政府嘉奖鄂西会战有功将士，罗广文荣获国民革命军最高奖——青天白日勋章一枚和银盾一座，升任18军中将军长，时年38岁，在军中享有"抗日战神"的美誉。半年多后，他成为87军的最高指挥官，率部参加了常德保卫战等一系列战役，直至国民党军在抗战胜利前发起的最后一场大会战——第三次湘西会战和广西收复战。

爷爷的师长李士林，同样是个了不起的军中将才。他早年毕业于保定陆军军官学校第8期步科班。1942年初，任第87军43师师长，并率部参加了由该军发起的所有战役。1945年7月底，李士林指挥43师一举攻克了日军占领的广西义宁和桂林，极大地鼓舞了全国人民的抗战信心，少将师长李士林的名字也由此载入桂林胜利收复战的史册，闻名遐迩。

奶奶书中提到的那位救了二叔一命的师长太太，是不是李士林将军的夫人，现在已无法考证，但我宁愿她是。因为一个为了国家和民族抛头颅洒热血的将军，他的眷属想必也同样会有一腔悲天悯人的情怀吧。

从罗广文和李士林两位将军的经历，可以知道爷爷所率领的第一营，一从龙潭开拔投入战斗，便直接参加了1944年8月开始的桂柳会战，而此次战役中，由于日军丧心病狂地使用了毒气弹，国民党军遭到了重大挫折，桂柳等地相继失守。

而爷爷在写给奶奶的第二封信中所提及的"这一仗"，从时间来看，则应该是1945年5月开始的中日第三次湘西大会战无疑。他满怀信心地告诉奶奶说，"这一仗，打胜了就可以回家看你们了"，果然说得很准，此役国民党军大败日寇，并进而解放了广西全境，一雪桂柳会战之耻。

正是因为这多半年中，一直处在抗日战争迎来战略反攻的关键阶段，重大战役接踵而至，局部战事不曾停止，所以爷爷写的信很少，且从上述那封信中看得出来，他收笔很仓促，也许那时他耳边又响起了新的冲锋号，开始了又一场鏖战。

如此想来，真是很恨自己。倘若爷爷在世时，我能够静下来，多一点耐心，让他讲讲自己血战沙场的军旅生涯，该有多好啊！哪怕是他就说个行军的大致路线、辗转的主要地方，以及参与的战役之名，也总比通过他的顶头上司、直接长官的简介，来猜测他的经历要具体得多，也丰富得多吧？

由此推想开去，在那场日本帝国主义强加在中国人民头上的巨大灾难中，无数优秀的中华儿女，不甘屈辱，不忍国破，披肝沥胆，向死而生，用年轻的身躯阻挡着敌人的子弹，用滚烫的热血捍卫着民族的尊严。可是他们中的很多人，却像爷爷一样，把自己荡气回肠的铁血故事，几十年来深埋于心，秘不示人，直到他们告别了这个世界，也没能得到后辈的礼赞，接受世人的致敬。

这，固然是一个家族痛心不已的哀伤，但岂不也是一个民族无法弥补的损失吗？

十七

前方紧张的战事，奶奶在龙潭留守处是无法知晓的，她有自己必须面对的生活与担当的责任。而在那提心吊胆、惴惴不安的留守等待中，有两类完全不同、差异极大的人群，陪奶奶一起度过了无数个长夜难明的日子和孤独寂寞的困苦。

其中一类就是与她一起生活在留守处大院里的官太太们，她们彼此之间的闲聊与斗嘴，读来尤其令人觉得有趣，也让人感慨不已。

奶奶作为营长的太太，在留守处显然属于地位较低的一拨儿女眷，是不被高看一眼的。加之她早早地把爷爷留下的传令兵全都打发走了，这就更让她说话办事没了底气。

爷爷的顶头上司于团长的太太，在师长夫人面前会低眉顺眼的，但在一群营长太太面前则显得趾高气扬，她常常支使着奶奶她们做这做那，俨然把女眷们当成了她们家的丫鬟。奶奶对此非常恼怒，称之为"无知又自大的长官夫人"。

一个下雨天，这群女眷又聚在一起闲聊天儿。有一位夫人说她的丈夫在家里时如何如何，奶奶听了顺嘴说道："真的呀?"一旁的于太太便大声呵斥道:"你井里的蛤蟆见过多大的天呀,我们讲话哪里有你插嘴的份儿?"

这下彻底激怒了奶奶,她不甘示弱地回答:"听你这说话的气度,也不比我见的天儿大到哪里去。你不相信,我们就比比看,你先说你见过的天儿有多大。"

于太太说:"我去过天水,你去过吗?"

奶奶立刻回敬道:"虽然我没去过,却见过天水,你去过天水却未必认识天水。你一定不相信,那我请问你:天水属于哪个省?出产什么?天水的风土人情,你知道吗?"

她说:"我见过的天多了,我还到过成都,你去过吗?"

奶奶见她这么说,立刻有了底气:"你别胡说八道了,我是问你见到什么样的天,晴天?雨天?阴天?"

于太太有些气短了:"我管它什么天,反正我去过,你没有去过。"

奶奶不依不饶,借机讥讽道:"所以说你不认识天水,也不认识成都,真是个土包子一个!"

这下,于太太不干了:"你才是土包子呢!"

聪明的奶奶见好就收,话锋一转说:"好,我是土包子。我来告诉你,天水是甘肃省的天水县,是黄土高原,少雨水,水是很贵的,不要说是洗澡,连洗脸的水都很难。吃的是小米饭,用一点醋泡饭吃。娶媳妇,女方来访,问这户人家一年能做几缸醋,醋做得多,表示这个家有余粮酿醋,这个家很富裕，可以将女儿放心地嫁过去。总而言之，这个地方的人过日子很辛苦的。成都就不同了，在古时，有天府之国的称号，成都是四川的米仓，人民也都很富裕，穷人比较少。"

奶奶一席话，顿时让团长太太大为震惊："你怎么知道的？"奶奶自豪地说："秀才不出门，能知天下事。见天干什么？晒太阳啊？还说人家是井里的蛤蟆，是土包子呢！"

至此于太太再也不那么嚣张了，奶奶则心里想："于团长娶到这样的老婆不倒霉才怪呢，光看长得漂亮，叫漂亮冲昏了头。"

这段精彩的斗嘴，看似是女眷们打发寂寞时光、排遣内心焦虑的一场闲聊，其实却是军旅生涯的一种现状折射，也是女人之间明争暗斗的一种生活反映。在那个特殊的时代与氛围中，它至少说明了两点。

一是夫贵妻荣的观念浸透在了当时人们的骨髓里，很难消除，即便是在相对比较开明的军队中，也是如此。与共产党领导的军队倡导官兵平等的传统不同，国民党军历来是按照等级划分、区别对待的，丈夫在军中官职的大小，决定着女眷享受待遇的好坏，自然也决定了她在这群特殊女性中的地位高低。

另一个就是当时女性读书识字的少，见识更有限。当然，像奶奶这样博闻强记又刚直不阿的女性更少。

奶奶笔下的另一类人则与之有着极大的不同，他们的朴实与善良着实让人感动。

1945年清明过后，留守处突然说房子不续租了，让大家自己找房子，每一家的眷粮则继续保障供应。有传令兵的夫人们都找到房子搬走了，只有奶奶和另外一位同为营长太太的刘女士没有着落。

两个人情况有些特殊，一个是带着不满周岁的孩子，另一个是怀着即将出生的胎儿，共同的窘境让两个女人只能相依为命。刘太太说："我帮你抱着儿子，你去找房子，咱们一起住，每月给人家房租，好吗？"奶奶说："没有办法，只有这样啦。"

那时节，酉阳天天下雨，奶奶打着伞，踩着泥泞的红土路，踉踉跄跄地跑了四天，终于在灯笼铺一带找到了一户人家。

房东是位70多岁的老太太，她家中本有一个儿子和两个女儿，日子过得还不错，结果一年前儿子卖猪肉被土匪杀害了，家里生活一下子变得拮据起来。奶奶跟老太太说好，每个月一斗米折价现金付房租，头两个月奶奶还能按时给付，结果到第三个月就捉襟见肘了。

那时物价飞涨，爷爷寄来的薪水都不够交房租，连买柴的钱都拿不出。没办法，奶奶只好朝老人家借把砍刀，自己上山劈柴搂草，以度时艰。那位老房东，每逢于此就宽慰奶奶说：“不用急着还房钱，知道你们困难，还有个孩子需要喂养，等有余钱了再说吧。"

没过多久，留守处连眷粮也不提供了。人常说："屋漏偏逢连夜雨，船迟又遇打头风。"所有糟糕的事情一起袭来，奶奶真是叫天天不应，叫地地不灵。

老太太见状，和气地说："孙太太，不要难过，吉人自有天相。再过几天官人会来信的。这里有苞谷粉，你和刘太太可以吃好几天的，吃完了再说吧。"

眼看着赖以活命的苞谷粉也吃完了，还没等奶奶张口，老太太又主动说了："孙太太，这儿有一斗麦子，你拿去叫人把它磨成粉，又可以吃些日子的。"

奶奶眼含热泪地说："老太太，我不敢再拿你老人家的东西了，我没有能力还你了。"

老太太听了，依旧慈祥地说道："没有关系，大家在一起就是缘分，你不吃不要紧，小官人可不能没有奶吃。"

谁知那斗救命的麦子拿去找村里人家磨成面粉时，却遭到了拒绝，村民把头摇得跟拨浪鼓一般，说家中有事无暇顾及了。望着怀中饿得哇哇直哭的二叔，情急之下，奶奶只好提到了爷爷："你知道有个叫孙彦波孙营长的吗？"

村民说："知道啊，那是个好人，不过现在走了嘛。"

奶奶回答道："他走了，可他太太可没有走呀，这小麦就是她叫我拿来的，孩子饿得不行了，请你帮帮忙吧。"

村民听了立刻转变了态度，不仅答应晚上加班磨出来，而且许诺明天一早亲自送到家里去。

在那段晦暗阴沉的日子里，是当地的普通百姓，特别是那位仁慈善良的房东老太太，为奶奶撑起了一片晴朗而温暖的天空，让她鼓起了生活的勇气，并暗暗发誓无论发生什么意外，不管遭受多大的磨难，都要把二叔养大成人。在她看来，那是她和爷爷忠贞爱情的伟大结晶，也是她对爷爷曾做出的一生承诺，比她的命都金贵。

十八

　　这期间爷爷一点音信也没有，奶奶也没有再收到他寄来的薪水，困顿的生活越发难熬，奶奶说真是"望穿秋水、度日如年啊"。

　　最危难时节，刘太太的丈夫刘梦瑜回来了，可是刘营长也没有爷爷的一点消息，急得奶奶跟发了疯一样到处打探，结果却意外听到了最可怕的话语。那天，于团长的太太见二叔在摇篮里独自一个人在玩，便说："川娃子儿，你爸爸不要你了，叫你妈妈准备当小寡妇了。"那一刻，奶奶完全崩溃了，知道爷爷凶多吉少，天真的塌下来啦！

　　人家的丈夫回来是喜事，奶奶等来的却是晴天霹雳，她痛苦万状，还得强忍着悲痛，把房子让出去供人家夫妻俩团圆，可是她自己要住的地方在哪里呢？

　　这时房东老太太说："孙太太，你不要怕，我们一家都是女人，你以后就跟着我们住在一个房间里，你看这儿有个大睡柜，你们就睡在这儿可好？"奶奶闻听，泪如雨下，立刻就给老人家跪下，一个劲地磕头谢恩。

　　老太太赶忙扶她起来，一个劲地宽慰道："孙太太，快起来,别这么客气,我们没把你当外人,就当自己家人一样啊!我是命不好,要是命好,孙女儿也有你这么大了。我一见到你就喜欢你,也算是缘分。你们官人很有福能娶到你当太太。你放心,官人不会有事的。人嘛,有时候难免有些挫折,过些日子就会好起来的。"

奶奶长跪不起,哭着说:"谢谢老太太,你老人家这么爱护我,帮助我,我真不知该如何报答你老人家。"她笑着说:"你不要客气,谁要你报答?我刚才说你我有缘,看——小官人哭了,你快去抱,等下把你的东西搬到这边来!"

终于,万念俱灰中的奶奶盼到了爷爷的来信:

妹妹,我的爱妻:

最近因很忙,所以信写少了,请原谅。我已调到医院服务了,我很好,你放心。以后我就可以在后方工作,不用上前方了。你和孩子都还好吧?很想念。再过些日子,我这里安置好了,我就派人接你们来这里住。钱快用完了吧?再寄上两万块买点吃的,保重身体,照顾孩子。不写了……

最爱你的波 上

除了那个签名之外,都不是爷爷的字,奶奶立刻意识到自己的丈夫不是负伤了就是生了重病。她顾不上多想,当下跑到邮局取了钱,并发了一封电报给爷爷:"请勿离开,吾即到!"接着就到车站买车票。虽然没有买到车票,但是奶奶此时已格外地镇定了：爷爷还活着，那就是最好的结局，明天即便路上硬拦了黄鱼车，拼死也要走！

当天晚上，意外之喜从天而降。爷爷的一位同僚郭姓营长找上门来，拜访奶奶。得知奶奶的难处，他立刻派人买到了去湖南沅陵的车票，并叮嘱到了沅陵不用担心，会有人接待，送她们去芷江，然后再转到黄平的野战医院。奶奶的心顿时踏实下来。

奶奶在书中写到了最后告别酉阳龙潭镇的情景。她先写到了那个刘梦瑜营长的太太，这位和她一起朝夕相处的大姐对她的离去恋恋不舍："你是我在这里唯一的好朋友，你比我小十二岁，可是我什么都不懂，你教我，你帮我，明天你就要走了，所以我好难过。"也难怪她如此感恩戴德，她生产时，是奶奶既当助产士，又当保姆伺候她坐月子。两个低级别官员的太太，同病相怜，患难与共，其结下的情谊当是生死之交。

当然最令奶奶感动的还是那位房东老太太。前一晚，这位70多岁的老人家领着自家的儿媳妇忙活了一个通宵，第二天天一亮，老人就端着一碗甜酒汤圆走过来，说："孙太太，你今天要出远门了，小官人还要吃奶，我们昨晚没睡，就是给你磨汤圆吃呢。我已煮好了，还加了一个蛋，你赶快吃，吃饱了好赶路。"说着，她长长地叹了一口气："唉，这一别，我这一辈子是怕再见不到你了！"

奶奶情不自禁地又一次给她跪下了："老太太，我欠你老人家太多了,真是感激不尽!"

老太太却说:"孙太太,快起来,不要说感激的话,我们也要感激你,你看你给我们留下那么多钱,仅那些柴火,就够我们烧好些日子的,要买也要花钱的。我就是佩服你,你就是跟别人不一样,我是真心佩服你。你要走了,我是真的舍不得,可是官人需要你去照顾,我不能留你在这里多住。"接着她又千叮咛万嘱咐地说道:"你要吃饱,小官人才有奶吃,你多吃点,吃饱了我叫我儿媳妇帮忙担着行李,你抱着小官人一起到车站,我老婆子就不到车站送你了。"

奶奶紧紧拉住老人家的手,眼含热泪说:"老太太,你老人家要多保重,我只要有机会就会回来看你老人家的!"然而,奶奶说的机会再也没有出现,两人这一别也是最后的一面。

听叔叔姑姑们讲,2007年早春,奶奶在台湾写完这部自传后,心情一时大好,主动提出要回大陆看看,那是她和爷爷1949年亡命宝岛之后第一次回故土探亲。在重庆时,她说想去酉阳龙潭镇,并对随行的儿女们讲述了当年那位老房东的大恩大德。但是此时的奶奶身体已经非常虚弱,叔叔姑姑们怕生意外,没敢应答。

此次大陆之行三个月后,奶奶就安详地闭上了双眼。奶奶重回龙潭的愿望虽没有实现,但是她却把房东老人家的善良与恩德,化作了多情的文字,让我们这些子孙后代永远铭记,感激不尽。

十九

告别龙潭之后,奶奶怀里抱着快一岁大的二叔,肩上背着行囊,踏上了千里寻夫的漫漫长路。虽然一路上风餐露宿,饥病交加,遭受了千辛万苦,但值得欣慰的是,此时抗战已经胜利结束。没有了战争的威胁,人在旅途便少了许多的惶恐与无端的惊扰。

12天之后,奶奶辗转多地,好不容易找到了贵州黄平的54军野战医院。结果爷爷的传令兵告诉说:"营长受了重伤,日本鬼子步枪跳弹把营长大腿打断了。我和江云方把营长送到了医院。前几天医生说要把营长的腿锯掉,营长拼命恳求,后来给院长(是个美国人)送了一面锦旗,老美高兴了,就派专车把营长送到贵阳陆军总医院,说陆军总医院是全国最好的战时医院,可以治好营长的腿。"

奶奶闻听,顾不上休息,当即决定马不停蹄再奔贵阳。

在奶奶的书里,一直没有说清楚爷爷是在什么时间什么地方负的伤。我只能通过她偶尔提到的时间节点和参考爷爷所在的43师作战情况做出一个大致的推断。

首先,从时间上,像刘梦瑜、郭姓营长等一大批部队中层官员可以回家休整，且心情愉悦这一点来看，此时应该是日本已经发布了8.15战败投降诏书，中国艰苦卓绝的抗战取得彻底胜利之后。否则，之前整个43师一直在围歼广西境内的敌寇，并进入湖南准备乘胜追击，根本不可能让基层指挥官大规模离队探亲的。

而刘梦瑜等人回来四五天之后，奶奶收到爷爷"调到医院服务"的来信，说明此时爷爷已经受伤，且住院不久，脱离了生命危险。对于爷爷负伤一事，于团长肯定是知道的，只是不知道生死结果，否则他的太太，是不会对二叔说出让奶奶当"小寡妇"这类混账话的。由此推断，爷爷应该是在1945年7月底8月初的某次战斗中被日本鬼子的跳弹打中的。

时间大致确定之后，那么爷爷是在哪次战役中负的伤，也就容易推测了。

为了准备抗日反攻作战，国民政府从1945年3月开始，对全国的军队进行了一次重大的改编，形成了四大方面军。受此影响，同年5月，87军撤销番号，划归到94军，隶属于汤恩伯指挥的第三方面军，布防在长江上游两岸及湘桂黔一线。

此次改编，对前后方都产生了巨大的影响。期间，奶奶她们这些原87军43师的大小军官女眷们被赶出集体出租屋自寻房子，甚至是随之而来的眷粮断供，想必都与此有关。

当然，它在战场上的影响更大。

从 5 月中旬开始，日军由于在第三次湘西会战中失利，开始收缩防线，将广西驻军向华中、华北撤退，而中国第二、第三集团军随即展开全面反攻，先后收复南宁、柳州等重镇。

爷爷所在的 94 军 43 师在师长李士林的率领下，成为国民党军全面反攻的主力部队。该师打完湘西会战，随即投入桂林收复之战，并于 7 月 27 日收复义宁，次日再取桂林，战果辉煌，捷报频传。

从义宁之战可知，此役激烈程度不算太大，已成惊弓之鸟的日本守军，只稍做抵抗便从义宁仓皇撤退到了桂林，准备集中兵力在桂林与国民党军决一死战。作为一名营长，爷爷在义宁战斗中负伤的概率不大。7 月 28 日凌晨，士气大振的 43 师官兵乘胜追击，旋即与第 20 军 133 师一道攻入桂林，经过近一整天的殊死搏杀、反复攻防，终于当晚 10 时许，占领了整座城池。

抗战中，中国的大部分沦陷城市都是在 1945 年 8 月 15 日日本天皇发布投降诏书后收复的，而桂林是在日本投降前由中国军队主动出击并完全收复的唯一一个省会城市。此役，加上之前的外围攻坚战，共历 21 个浴血的昼夜，桂林内外几成焦土，尸骸遍野，血流成河。据当时的桂林市文献委员会 1949 年编撰出版的《桂林市年鉴》统计，桂林收复之战共计歼寇达 2600 余人，俘虏 23 人，我伤亡官兵 1300 余人。从敌我双方伤亡比例为 2∶1 来看，爷爷在收复桂林战役中受伤，应该有很大可能。

在抗战胜利前夜的最后一战中，爷爷却身负重伤，成了一名住院治疗的残疾军人，这真是十分不幸。但是与那些倒在黎明前、没能亲眼看到日寇投降的将士们相比，爷爷能活着，又是不幸中的万幸，可谓上天开恩。

奶奶在书中讲到一个小细节，就是她即将离开酉阳龙潭镇千里寻夫之时，在车站偶遇师长夫人的情景。这段写来看似不经意，读来却很是令人玩味。

我抱着儿子等车，看那边师长太太来了，我喊她："太太，你好。"她凶巴巴地说："你到哪里去啊？"我说到黄平。她说："你在这儿住着好好的，你到那里做什么？"我说："我在这儿住得好吗？天知道。住的房子给你们退了以后，自己找到现在住的房子，讲好每个月一斗米给人家做租金，住了四个多月，一粒米也没有给人家，反而把人家的苞谷、小麦都借来吃了，最后只有一块钱，买了一斤马铃薯，竟吃了一天，我住在这儿很好吗？挨饿要饭到哪儿不一样？"师长太太说："那要去你就去吧。"我说："不去，在这儿做什么？"她就走了。

这位意外遇见的师长太太就是那位曾经救过二叔一命、

并跟奶奶一起共过命的留守女人。从两个人短短两三个来回的问答，可以明显地感觉到奶奶的苦痛、无奈和不满，言语中充满着火药味。按常理讲，从小就明白"滴水之恩当涌泉相报"的做人道理，更深知"官大一级压死人"的国民党军氛围，爱憎分明、冰雪聪明的奶奶应该懂得如何跟这位特殊且高贵的夫人说话，即便是自己有满腹的悲苦、天大的委屈，即便是师长夫人的问话带有挑衅的味道，也断不至于如此直白地大发牢骚、表达愤懑啊，何况自己一切的不幸又不是眼前之人造成的呢。

团长太太的羞辱与谩骂，奶奶都能忍，师长夫人一句"凶巴巴"的问话，却忍无可忍，这让人有些难以理解了。究竟是什么让奶奶无所顾忌、不计后果地要发泄情绪、一吐为快呢？

答案应该就在爷爷的最后一封信里。爷爷还活着，的确让人喜出望外，但是很快奶奶便转入对爷爷受伤的强烈担忧中。尽管信上的用词很讲究，显得轻松平和，但是一句"以后我就可以在后方工作，不用上前方了"，还是深深地刺激到了奶奶敏感的神经，让她惶恐不安。

"不用上前方了"，已然清楚地表明爷爷受伤了，致残了，且伤残到不能继续扛枪打仗、带兵杀敌了，也就是说爷爷的军旅生涯就此戛然而止！这一点太致命了，不仅爷爷难以接受，就是奶奶也接受不了，她心中的悲哀可想而知。

艰苦卓绝的抗战胜利了，别人家的丈夫欢天喜地、毫发无损地凯旋，尽情地享受天伦之乐，满心期待着论功行赏，而自家丈夫却不早不晚地在这个节骨眼上负伤住院，与所有即将到来的荣光失之交臂，真是老天太不公了，自己太不幸了。虽然还不清楚爷爷伤的程度，但死里逃生却是千真万确的，一时间对亲人受难的心痛，对时运逆转的无助，对希望破灭的沮丧，对前途黯淡的叹息，再加上长期的担惊受怕、持续的饥寒交迫，当这所有的不幸与不堪一起裹挟着奔涌而至之时，年轻而坚强的奶奶终于情绪有些失控，直抒胸臆。

当然，奶奶的发泄中，不乏一股壮士一去不复返的豪气。

二十

贵州黄平县,我没有去过,但却知道那里山大沟深,景色宜人,素有"且兰古国都、云贵最秀地"之美誉,是个有名的长寿之乡。

奶奶千里迢迢、日夜兼程地赶赴黄平,只是为了探望身负重伤的丈夫,早日给病榻上的丈夫送去一个妻子最真切的关爱。而今虽知人还活着,但彼此却擦肩而过,隔着万水千山无法相见,奶奶那份寻夫的急切心情,可想而知。她没有心情,更没有时间,去欣赏黄平的绝胜美景,所以她的书中,对于身边的景色只字未提。在她心里,对黄平的印象只有一个,那就是"赶路"。

黄平县位于贵州省的东南部,距离省府贵阳还有足足179公里之遥。奶奶一个年轻女子,又怀抱着一个刚满周岁的婴儿,要想从黄平赶到贵阳,谈何容易!除了乘车没有他途,可车又在何处呢?

奶奶在54军野战医院里,听当地人说,马场坪那个地方可以搞到车到贵阳,而她所处的地方距离马场坪还有25公里山路,奶奶不得已自己租了辆牛车前往。

我仔细查看了一下黄平县的地图,发现奶奶所说的马场坪,今天依旧保留着原地名,是重安镇下辖的一个较大的自然村寨,通往贵阳的306省道正从村子的西面经过。奶奶走的就是现在的这条省道,当年它还是一条崎岖不平的土山路。

顶着大太阳走了近三个小时,才到了马场坪。找个饭店买碗面,告诉老板:"少要面条儿,多给点儿汤。"面条来了,面条是少到不能再少,汤也不多。我问老板:"再给点儿汤好吗?"他说:"汤也要钱呀。"我说:"要钱没有关系,我给钱,请你给我一碗汤。"此时我已是筋疲力尽,而儿子和我一样苦。每次上车,我必须把他放在地上,或者是车上,再把行李送上车,但不管我怎么哄他,他都是呼天抢地地哭,因为他太没有安全感了。他的小脑袋里想的可能是:我只有你这么个亲人了,要是你把我放在这儿,不管我,我怎么办?看着他那种恐惧的表情,我心好痛,可是我无计可想。我是不忍心让他哭,但又能如何?我的奶也不够他吃。我吃面条给他吃,他都吐出来,不爱吃,他大概也和我一样,没有胃口吧。

第一次读到奶奶书中这段平实的叙述时,我几乎是一目十行地匆匆翻了过去,并没有太过留意。然而,回头细读,却发现里面的不同寻常之处。

奶奶由酉阳龙潭出发，直奔着野战医院而来时，尽管艰辛异常，但是一路上得到了爷爷部队官兵和好友的关照与接应，总体还算顺利，何况奶奶义无反顾地执着前行，黄平这个目的地在她的心中早已丈量了无数遍，她非常清楚方向在哪里，亲人在何方。然而，爷爷转院到贵阳，这大大出乎奶奶的意料，也让她对即将开启这段更加生死未卜的新旅程没有丝毫的心理准备，支撑她前往的只有与丈夫团聚的坚定信念。

这种信念让奶奶无惧山路的崎岖和跋涉的艰辛。近三个小时大太阳底下的牛车颠行，在她的记忆里，竟是清风盈袖，一笔带过。即便是面对着二叔声嘶力竭的哭号，也只是"无计可想"的"心好痛"。尤其是她那句"我是不忍心让他哭，但又能如何"的自问，令人震撼。

这是一个年轻的母亲在举目无亲的异地他乡所表现出来的无助与无奈，也是一个经历过战争磨砺的军人女眷，面对着更大苦难的来临所拥有的强大内心。残酷的抗战给奶奶锻造的倔强性格，在那一刻得到了实战淬炼，她不矫情，云淡风轻中镇定自若。

这种信念也让奶奶坦然面对人性的善恶和他乡的冷暖。饥肠辘辘、筋疲力尽之下，买一碗面来吃，面条已经少到不能再少，而加碗面汤店家还要另外收钱，这种明目张胆的欺客行为，要是放在酉阳龙潭驻地，刚直不阿、爱憎分明的奶奶早就出离愤怒了，即便不会掀翻了店家的桌子，也会正气凛然地予以痛斥。可是在那个人生地不熟的陌生地方，奶奶强压怒火，平静以对，让人不由得佩服奶奶的坚忍以及她的冷静。

在启程动身前往马场坪之前，奶奶意外地遇到了一个人。

奶奶听那个传令兵讲，酉阳龙潭留守处一位叫李爱民的主任常到前方劳军，爷爷很信任他，就拜托他把自己的薪水给捎回去。可这钱奶奶不仅一分钱没拿到，而且也没听说过，显然都被李爱民占为己有了。谁知奶奶刚走出医院大门不远，迎面就遇见了李爱民，真是冤家路窄。

奶奶上前一把拉住他说："李主任，我先生请你带回来给我的薪水，你也该给我了吧？"李爱民说："现在没有钱，还要等几天。"任凭奶奶怎么哭诉讨要，他横竖就是不给。

奶奶被惹急了，火冒三丈地大声骂道："你还要不要脸呐？我现在是在路上走路，该你倒霉碰着。那是我先生的薪水，请你顺便带回来给我过日子的钱，不是向你借，也不是借给你的，你死皮赖脸，到现在还一拖再拖着不给，你还要不要脸？中华民国有你这种官真倒霉，中华民国会倒霉就是像你这样的一些贪官污吏害的，真是要钱不要脸！"

与李爱民一同的还有七八个当兵的，但奶奶一点也不畏惧，他们在前面走，奶奶就在后面追着骂："你混蛋，我丈夫请你带回来他的薪水,你赖皮,不给我!"钱自然是要不回来的,可奶奶那刚烈的秉性与火爆的脾气再次展现出来,一览无遗。

前后两件事发生在短短一天之内,尽管性质截然不同,但我却从奶奶对马场坪店家从未有过的隐忍应对中,惊喜地看到了她的细微变化,仿佛一夕之间,20岁的奶奶真正成熟了起来。毫无疑问,正是这份成熟,为爷爷和她日后无数次的向死而生、化险为夷,打下了关键而必要的根基。

奶奶说:"我喝完汤,抱着儿子再去找车。车是很多,可没有一辆车愿意载我们。他们都是我国抗战胜利后美国的军用卡车,在公路上一部接一部地呼啸而过,就是看不见中国车。我抱着儿子在路边上,也就是马场坪的街上,快要急疯了。这儿到贵阳还有130多公里,没有车,我抱着儿子拿着行李怎么走哇?同时旅费也所剩无几,真是无计可施。"

奶奶心急如焚,此时的绝望写满脸上。

二十一

就在奶奶心灰意冷、快要急疯的时候,她突然看到一个兵身上挂着"龙江"的兵符从不远处走来,顿时眼前一亮。

奶奶立刻想起来,爷爷在几个月前曾写信给她,说部队有变动,由87军整编到了94军,部队的符号就是"龙江"。看到那个兵符,奶奶就像见到亲人一样惊喜若狂。

她急切地上前问道:"你好,请问你是94军哪个单位的?"还不等对方回答,便又迫不及待地做了自我介绍:"我是43师128团第一营营长孙彦波的眷属,营长负伤,现在在贵阳陆军总医院,我要去看他,走到这里,怎么也找不到车。这里驻的是哪个单位?主管是谁?请你帮忙引荐一下。"

说来真是幸运,那个兵虽是94军的,却并不认识改编过来的我爷爷,不过他还是把奶奶介绍给了附近驻军的一位连长。那位连长问明缘由后对奶奶说:"太太,真抱歉,我今天才刚到这里,人事都不熟。不过我们营部的营长、副营长都是87军那边过来的,他们离这里有八华里,我派个兵把你送到营部,他们一定能帮忙,因为他们在这里住很久了。"

奶奶闻听大喜过望,跟着护兵就上了路,这一走又是两个多小时,直到天完全黑下来。

到达营房后,营长不在,是副营长出来接待的。他一见奶奶,立刻大声地说:"啊,是孙大嫂哇!你到这里来,一路上太辛苦了,还抱着侄儿。你到这儿来,是叫我给你安排车的吧?没有问题。这么晚了,今晚就住在这儿。这个地方是保长家,我把保长拉到我这儿来,你就同保长太太将就一个晚上。来来来,我们刚光顾着说话,都忘了请你坐,快坐快坐,你还没有吃饭吧?"

奶奶不忍心再打扰人家,便撒谎说吃过了。那位副营长就说:"吃过了,那现在也饿了,小侄子还要吃奶呢。在山上也没有什么好吃的,我叫人拿鸡蛋给你煮一碗泡饭好了。"奶奶闻听,简直要感激死了:"那样太好了,真是谢谢你。"他说:"别客气,吃完就早点儿休息,明天一大早我就送你到马场坪上车。"

天刚亮,那位副营长就来了,对奶奶说:"我们早点儿去,晚了怕赶不上车。"他派了个兵帮奶奶抱着二叔,拿着行李,几个人一起来到了车站。见车还没来,他请奶奶吃了早点,上车时又给了两罐奶粉,另送5000块钱。

奶奶说:"钱,我说什么都不能收。你帮的忙,太大了,也太多了,内心非常感激了,我不能再收你的钱。"副营长说:"钱不是送给你,只是托你带去,给大哥买点儿补品什么的。孙大哥在黄平，我一直抽不出时间去看他，很抱歉。请你转告大哥，我因公务在身，实在无法去贵阳看他，让他原谅。钱，大嫂你就带着吧，不要拉来拉去的，外人看到不好。"奶奶见状只好说："那我就在内心千恩万谢了。"

也许是太激动了吧，奶奶忘了问副营长姓名，否则凭她的博闻强记，一定会在书中出现这位恩人大名的。显然，这支当年驻扎在黄平马场坪一带的国民党军人马，不是爷爷亲自带过的旧部，很可能是相邻的兄弟营，他们怎么会驻扎在此处，已无须考证，也不再重要，重要的是通过奶奶的讲述，我已然品出了爷爷的为人与影响。

一起并肩在战场上奋力拼杀、死过几回的兄弟，拥有生死相依的血染友谊。而在享受抗战胜利短暂的平静时光时，依旧尽其所能，不惜钱财，更显这份情分的宝贵。这柳暗花明的幸运一幕，奶奶一直记在心上，在书里她把这段经历概括为真正的"袍泽情深"。

在去贵阳的车上，奶奶见到了一位四十来岁的奇怪男子。

他眉清目秀的，却只穿了一件短裤头儿，满车的人都觉得很热，唯独他却冷得发抖，身无分文。起先司机不准他上车，任他讲尽了好话也不松口。于是大家便都帮他说情，最终得到了司机不情愿的许可。有人问他："你怎么会这样呢？"他说他在蜀云给土匪抢了，家在贵阳，姓陈。

车子只走了 30 多公里就停了下来，司机说该吃饭了。于是满车厢的人都下了车，只有那位陈先生坐着不动。

奶奶见状，好心地问："你不饿吗？"

他说："我四天没有吃东西了，所以发抖，不过不要紧，我今天就可以到家了。"

奶奶觉得他好可怜，便劝道："你去吃饭吧，我给你钱。"

他说："不要，我看你也不是很有钱。"

奶奶立刻回答说："对，没有钱才知道没有钱的苦，吃客饭要多少钱？"

他说："很贵，要 800 块，你请吃碗面就好了。"

奶奶非常爽快地掏出几张钞票："我给你 800 块，你去吃饭，吃饱了好回家。"

当天下午两点多钟，车到了离贵阳还有 13 公里、离龙洞堡还有两公里、离图云关还有几公里的一个不知名字的小地方，再也不走了。奶奶随着人流下了车，举目一望，顿时傻了眼。

那个地方荒山野岭的，连一户人家也没有，而回头看那同车的乘客，很快便散开去，消失在了茫茫峻岭之中，再也寻不着个踪影。没办法，奶奶只好先把二叔抱到十米远的地方放下，然后再回来搬行李，想这样一段一段往前挪。

那位陈先生没有走，一直待在原地死盯着奶奶看。四目相对的刹那间,奶奶不由得从心底里生出一种异常的惊悚与不祥之感。她颤抖着声音,问道:"你、你怎么不走?你在这里要做、做什么?"

那位陈先生说:"不要怕,你这么好的人,不会碰到没有良心的坏人。我是好人。我家在贵阳是很有声望的,我的亲哥哥是省政府的秘书长。谢谢你,我刚才吃饱了,现在很有力气,我找个树枝,帮你扛行李,你抱小弟弟。前面两公里就有检查哨,我们都是黄鱼,所以都要在这里下车,否则给检查哨检查到了是要受罚的。"说着,他上树采树枝,帮着扛行李,奶奶抱着儿子,终于顺利到达了龙洞堡。奶奶的好心肠,危难关头得到了最现实的回报。

龙洞堡有马车可坐,单人到贵阳 800 元,双人 1600 元。陈先生告知:"你要去的图云关,离这里只有三公里,前方不远处就是了。谢谢你,我们就在此道别了,我去贵阳了,你有事可以找我的。"

奶奶见天色将晚,也不敢久留,便要租个马车前往。谁知马车夫张口就要 2000 元——根本就是敲诈嘛!奶奶不忍心花那份冤枉钱,只好又换了一个,这第二个马车夫应答得更干脆:"图云关 2000 块,少了要拉是王八蛋!"奶奶立刻明白,她这个无依无靠的异乡人,早已被成心要敲诈一把的马夫们盯上了,此时她再掰扯下去,不仅不会有结果,还可能会生出其他是非来,只能咬牙认宰了。

她当机立断，二话不说，直接爬到旁边第三辆马车上，大喝一声："2000块，到图云关！"

图云关，这个奶奶一路上默念不已的地方，正是陆军总医院所在地。在那儿，自己的丈夫正等着治病救命呢！

二十二

图云关，位于贵阳东南郊的南明区，是贵阳通往湘桂的必经关隘。20多年前，在去贵州采访时，我曾到过此处。关在山坳之上，周边峰峦起伏，人过此关，大有背井离乡、前途渺茫之酸楚。

奶奶所说的陆军野战总医院，就在图云关附近的群山密林之中，其正式的名称是中国红十字会总会救护总队。整个抗战时期，这里都是中国最重要的战时医疗救护中心和军医培训基地，来自全国各地（包括海内外华侨）医学界的医护人员及国际援华医生，或在这密林之间进行救死扶伤，或由此奔赴各战区展开战地医护，为中华民族的解放事业做出了不可磨灭的贡献。

据当地史料记载，1940至1942年间是抗日战争最艰苦的时期，也是救护总队的全盛时期，当时贵阳图云关一带驻扎的大小医疗队有150多个，医务人员及各种辅助工作人员达到3420人。1945年底，救护总队奉命撤离图云关，陆续迁往南京。

爷爷此时入住该院，正值它完成使命即将撤离之前，应该属于最后一批被收治的重伤员。

奶奶肯定以为,花了 2000 块钱的高价车费,走三四公里的路程,去这么有名的地方应该很顺利,再也不会出什么岔子了,一眨眼儿的工夫就能见到日思夜想的丈夫了。然而,接下来的进展却让她欲哭无泪。

在去图云关的马车上,奶奶讲尽好话,拜托那个车夫找一间好点的旅馆,结果到了图云关山脚下,车夫把她丢到个旅馆前就走了。那个旅馆很破烂,楼上三角形的房子里,木板走上去都会摇动,令人提心吊胆。此时想换个地方已经来不及了,天光渐暗,暮色降临,饥肠辘辘的奶奶只好忍受了。

她安顿下后便抱着二叔,到饭店想买点儿吃的垫垫肚子,结果什么也没有,连个葱花汤都买不到。

我说,那请给我一碗白开水,加点盐,总有吧?多少钱?我给你们。老板娘要 50 元,我说好。老板娘说还有半碗米放在水里煮,煮好 100 块,比白开水好多了。我们喝了碗米汤,饭粒还是剩下了,喝完汤抱着儿子,也抱着无限的希望,去找陆军总医院。第一次问:这里是图云关吗?答:是。我再问:陆军总医院在哪儿?答:在前面。再往前走,走累了,再问,都答在前面。我也不知问了多少次,从没有电灯的地方走到有电灯的地方,有电灯亮着,我的心也就会跟着亮,心想大概快到了。再问:请问陆军总医院在哪里?答:在前面。再走,再问,再走,遭了,前面又没有电灯了。陆军总医院在哪里?天这么黑,连个人影也看不到。不管,走到天明也要走。

奶奶在书中,没细说为什么会是这样一种结果,但我一直在想,是奶奶那缜密的思考和要强的性格,反倒害得她多受了这份罪。

在路上,她心中其实是早已盘算好了的,即使见到了爷爷,由于那是医院,也不会有家属住的地方的,她必须先在附近找家旅馆住下,然后再去探视,否则从医院出来还不知是啥时候,黑灯瞎火的再找住处,岂不是无端浪费时间,还让爷爷着急上火吗?在酉阳龙潭跟随着爷爷驻防,奶奶懂得后方医院的一些规矩,更清楚此时此刻不能再给爷爷增加烦恼,哪怕是一丁点也是不可原谅的。奶奶在抗战儿童保育院养成的强烈自立性和缜密的思考力,在那一刻全都体现出来了。

当然了,更重要的是她想让爷爷看看,他的女人虽然年轻,但什么都能干,他没有看错人。但也正是如此,给了那个马车夫一个既挣了笔大钱又不耽搁时间的好买卖,随便找家旅馆打发了奶奶,便溜之大吉。倘若奶奶不先找旅馆而是直接奔医院而去,我相信那马车夫也会把她们娘儿俩送到门口的。尽管那时日，战火刚熄，人心浮动，但向善的力量终究是中国底层百姓生存的守望，即便在图云关这个穷乡僻壤之处，也当如此吧。

从奶奶自黄平马场坪出发到贵阳图云关，一路走来，我能明显地感觉到奶奶焦急的内心里，还有另外的一种幽幽的怨怒。

她数次提到了钱，且都是衣食住行必需的花费。在马场坪吃碗面加个汤，要额外付钱；在龙洞堡租个马车跑三四公里，被要了2000块；在图云关讨碗水喝，竟然也要50块……凡此种种，在奶奶的眼里都属于趁火打劫、欺生宰客的龌龊勾当，全让她撞见了。这种光天化日之下的无法无天，简直与那些拦路剪径、公开绑架陈先生的土匪无异。对此，孤立无援的奶奶为了保全身家性命和儿子的平安，只得无奈地接受，任人宰割，但她心中的无比憎恨，却透过字里行间，呈现在我的眼前。

我从中看到的已不仅仅是良善的泯灭，人心的不古，还有抗战胜利后治安管理的混乱无序，以及物价飞涨的凋敝民生。

二十三

奶奶跟随爷爷驻守在酉阳龙潭，虽然当地土匪们利用抗战局势的吃紧而趁机作乱，为害一方，但毕竟还有爷爷这样的军人们一边备战一边剿匪，以至于那些以拦路抢劫为营生的蟊贼们没敢太肆无忌惮地往枪口上撞，多少会收敛一些。

而今抗战终于胜利了，百姓还没来得及享受到太平的日子，剪径的土匪们反倒更加猖獗起来，奶奶这战后的第一次长途奔走，就遇见了被劫得只剩下裤头的陈先生。从满车乘客一开始不知情的怜悯，到知情后的麻木，可想而知此类事件在湘桂川黔一带早已司空见惯，甚至也许还会有人觉得他陈先生能保条小命逃出来，已算是格外侥幸呢。

对此，作为军眷的奶奶，之前生活在有看护兵的后方留守处，虽知道土匪的厉害，但没有真实的感受，她对陈先生公开表达同情的义举，既是她良善人性的一种自觉举动，也是她对严峻环境缺乏了解的一种冲动反应。爷爷在信中之所以不告实情和地址，除了不想让奶奶担惊受怕之外，怕她贸然前来路遇不测，应该也是其中一条重要的考量。

好在奶奶此行没有遭遇太大的麻烦。与杀人越货的匪患相比，那一路上山民们的宰客勾当，便真的不算什么了，他们无非是讨点鸡零狗碎的便宜罢了。何况，那些山民小贩未必个个都是趁火打劫的贪婪之人，很有可能也是生活所迫、不得已而为之。

副营长送奶奶上车时，曾给了她5000元，我能感觉得出奶奶当时内心感激之外的惊与喜，惊的是竟然会给这么多，喜的是除了路费花销，连爷爷养病的钱也有了。谁知200公里只一天的路程，还没有见到爷爷，这5000块钱便见了底。这钱，断然不能全算是被一路的山民商贩诈去了，很多是消失在了空前的物资匮乏和汹涌的物价飞涨之中。奶奶哪里会料到还有这些事呢？

尽管从龙潭出发前，爷爷杳无音信，生死未卜，奶奶缺米断炊，饥寒交迫，没钱的光景让人望眼欲穿、度日如年，但令她想不到的是，抗战都胜利了，苦日子总算熬到了头，这钱反而却不值钱，难怪她会出离愤怒而迁恨于那些大山深处的山民们了。

一个国民党军较低官员的眷属，只有20岁的年轻女子，行走在黔东南的崇山峻岭之中，能想明白其中的缘由，能看清楚这残酷的现实，是不太可能的。其实，奶奶一路的遭遇，正是当时整个中国抗战胜利后社会状况的缩影。

艰苦卓绝的民族惨胜，只换来国人片刻的狂喜，随之而来的便是席卷全国的恐慌。粮食奇缺，货币贬值，生活困顿，人心浮动，混乱与惶恐的程度甚至远远超过了抗战的任何时期，这真的让人为这个多灾多难的民族感到无比悲哀。

对于这场突如其来的战后经济灾难，我曾在当年国民政府的《中央日报》上得到了印证。1945年9月13日出版的《中央日报》，在头版就发表了一篇题为《把握时机稳定物价》的社论，文章开宗明义地指出国内出现了普遍的"粮食步涨"现象，进而说出了其所引发的社会影响："生产消退，供应不调，粮食价格步涨影响人心为最深切。粮食步涨，人心更形浮动。"

那么这种粮价步涨、货币贬值的根本原因何在呢？按其社论的分析，有两大原因。一是米的供应，各地失其均衡。二是秩序未复，交通造成阻塞。据此，它得出结论："米价飞涨的问题不在于米的有无，而在于米的供应失调。"

这篇社论发表的时间，应该正是奶奶千里寻夫的时候。在9月3日日本正式签署战败投降书之后仅仅十天，《中央日报》即代表国民政府发表社论，提出"把握时机，稳定物价"，说明问题的严重程度已非比寻常。社论并将之视为阻碍战后重建进程的重要因素："物价波动不已，国计固然大受影响，民生也无法安定，连初步的复员工作都未必能够顺利进行，更谈不到什么为国家奠定富强基础的永久建设了。"

至于社论说"米价飞涨的问题不在于米的有无，而在于米的供应失调"，固然有其一定的道理，但它的针对性也很明显，那就是借此批驳沸沸扬扬的"国民政府管理无能，普罗大众的生活水平还不如日伪统治时期"的社会舆论。

但是，从奶奶在黔东南的切身经历来看，战后的贵阳地区还不全是米的供应失调。这场抗战几乎耗尽了整个民族的所有，山里的百姓，自然包括当地的小商小贩，遭此浩劫，此时已经真的没有多少米面了。

当手中的钞票难以养家糊口时，它就成了一堆不断变化的虚幻数字，即便是 5000 块也只是一卷没有太大用处的毛纸。奶奶的满心欢喜只有短短的一天时间，不是她不明白，而是这世界变化得太快了。

可惜，国民党政府自抗战胜利之日起就意识到的这个重大民生问题，一直没有解决好，甚至愈演愈烈，最终导致整个国统区的经济崩溃，人心丧失。而一旦失去了民众的支持，那在战场上的失败已然注定。

令人颇感意外的是，奶奶这段千辛万苦的旅程的描述，恰恰为四年后的历史大结局，提前做了细致而绝妙的注解。

二十四

那晚，奶奶怀抱着二叔，肩扛着行李，走啊走，也不知道走了多久，才在漆黑一片的前面，发现有微弱的灯光闪现，挪近一看是个小商店，还有个人正在买东西。

她上前问："陆军总医院在哪里？"老板娘说："这么晚了，你还要到总医院啊？总医院在我这个房子的后面，但要绕一个大弯路，路不好走，天又黑，你还抱着孩子，怎么去呀？"奶奶说："谢谢你，我慢慢走。"这时，旁边那位买酒的男士说："我顺路，带你去吧。"

尽管很害怕，但已无退路的奶奶，还是硬着头皮跟着那个陌生人一脚踏进了漆黑之中。

走了不一会儿，那人指着一处灯光对她说："那里就是你要找的陆军总医院了，前面是第一病房，后面是第二病房，听你说的情形，你的丈夫应该在第六病房。今天太晚了，院里关门了，进不去的。你抱着孩子，还是先回旅馆去吧，明天再来，八点钟以后再来，太早人家不开门的。我要回去了，家里有朋友，等我回去喝酒呢。"说完就走了。

"我抱着我的儿子，叫我回旅社，我的天呐，我的腿再也挪不动了!"奶奶在书中这样描述当时的心情。

陆军总医院是建在半山腰上的一座大房子,外面有个很大的操场。越过操场,靠近大房子,奶奶发现墙上开有一个离地四米高的窗户。她放下行李,安抚着一直大哭不已的二叔:"川儿,宝宝乖,不要哭,抱着妈妈的腿,我们快找到爸爸了,你乖,抱着妈妈的腿,妈妈喊爸爸啊,你乖,不要哭。"二叔抱着奶奶的腿后,真的不再哭了。

奶奶把两只手做成筒状,冲着窗户大声喊道:"喂,里边的人听着,我们是从很远很远的地方来看病人的,请你们行个方便,派个人来带我进去。"窗户上立刻探出一个脑袋来:"你叫什么?进来呀。"

奶奶的心一下子提到了嗓子眼里,怦怦直跳:"我、我不知道从哪里进,请你告诉我。"那人说:"你的左边有个小窄门儿,进门后往右转,再往右转,就到病房了,你进来吧。"奶奶抑制不住内心的狂喜,立刻抱起儿子跟跟跄跄地奔了过去。

那些病人听完奶奶说明原委,立刻嚷了起来:"啊,你抱孩子,我们这里可都是肺炎病号啊,对孩子不好,别感染了。看护兵——赶快把这位太太送到五病房、六病房去找她丈夫!"看护兵不愿意,说太晚了,门都锁了进不去。一群军人病号立刻怒目圆睁:"快去,不去小心揍你!人家是万里寻夫,你懂不懂?一点儿同情心都没有。"

看护兵极不情愿地把奶奶送到六病房门口。好险，管理员在锁门，正准备回家，奶奶再晚个几秒钟就将又是一番周折。

那位管理员领着奶奶来到病房，他冲着一间小屋喊道："老孙、老孙，你看这是谁呀？"爷爷看到管理员的同时也看到了奶奶："你怎么来了？谁叫你来的？"

奶奶说："我们来了，你不欢迎啊？我们明天走好了。"

爷爷说："不是不欢迎，是这一路太难走了，你抱着孩子怎么走啊？"

奶奶说："这不就走来了吗？"

爷爷长长地叹了口气道："唉，太辛苦了，这一路男人走都很累，何况你是个女人，抱个孩子，我怎么敢叫你来？结果你自己就闯来了，太辛苦了。"

见着面，奶奶的一颗心总算放下了。爷爷没有她想象的那么虚弱，精神很好。她把在龙潭的情景报喜不报忧地说了一遍，就快到半夜12点了，医院要宵禁。还好，奶奶提前找下了住处，爷爷便叫江云方送母子回旅社歇息。

这个江云方就是爷爷那位贴身的传令兵。他一直死心塌地地跟着爷爷出入于枪林弹雨之中，并一路服侍到陆军总医院。

爷爷的左腿在膝盖下20厘米处打了个筷子粗的铁钉，从骨头穿过。他说，现在的这个钉子没弄好，需要用机械拔出来,过几天换个地方重新打,腿才会正。爷爷告诉奶奶:"为了我们的未来,我不惜一切代价与承受最大的痛苦,也要保全这半条腿。"

到贵阳的第八天,奶奶终于找了间比较满意的出租屋,虽然条件极其简陋,但离医院近,方便她两头奔波。爷爷由于负伤时流血太多,需要大补,他饭量极大,一餐要吃四五斤米饭,一天还要吃十多个鸡蛋。这样的吃法,医院的病号餐显然无法跟上,幸亏有奶奶在身边。奶奶每天在出租屋里把饭做好送到病房,同时把鸡蛋壳烤焦碾碎,给他补身体。

在奶奶没来之前,爷爷把钱交给当地一个自认为值得信赖的毛姓朋友保管,结果那人拿去放了高利贷。等奶奶得知后,想要回来时,却屡屡碰壁。每次费尽口舌索要之后,那人才老大不高兴地掏出些零零碎碎的钞票,只够奶奶两三天的开支。

奶奶没有埋怨爷爷把钱交给那人去保管,但一定明白了爷爷是被花言巧语给哄骗了,以为可以通过放高利贷多挣些钱财,结果反倒落得个竹篮打水一场空。对自己丈夫的轻信和冲动,在结婚不到三年的时间里,她已多次领教,劝说根本不听,爷爷依旧我行我素。

既然拌嘴吵架于事无补,奶奶只得自认倒霉,自己想辙儿。

那年头柴火很贵,为了省钱买补品,奶奶不得已,又干起了在龙潭时的旧业，她买了一把砍刀，找块布蒙上自己的头，然后背着儿子就上了山。除了自家烧火做饭，多余的柴火还可以换点碎银子。

家里的事儿忙活完了，奶奶就抱上儿子到医院陪爷爷。有一次，爷爷把十几个生鸡蛋大头朝上、小头朝下地竖了一茶几。等奶奶去了，他高兴得像小孩子一样说："你看，我竖这么多鸡蛋都不会倒。"

奶奶心疼那鸡蛋，便埋怨道："幸好这个茶几有缘，不然不掉下去摔一地才怪呢。这可是上山砍柴换来的蛋啊，你怎么都给竖起来了？"

爷爷嘿嘿笑着说："你知道，我在这儿有多无聊啊！你们一走，我无事可做，只能玩儿这个玩意儿，你们来了，我就不无聊了。"

日子就这样一日复一日，很快过去了三个月，终于等到了一个天大的好消息，医生说爷爷可以下床了，全家人听后高兴极了。已经五个多月没有下地的爷爷，更是兴奋异常，他迫不及待地拄着两根拐杖，在奶奶和江云方的搀扶下，迈出了艰难的第一步。又过了一个星期，爷爷就会用拐杖走路，医生说可以出院，回家休养了。

于是，奶奶又开始忙活着在外面找房子，可费尽周折，还是没有找下既便宜又合适的住处，把个爷爷急得拄着拐棍，在病房里团团转。

129

江云方对奶奶说："嫂子,我在外面倒是看到一栋房子,就怕你不敢住。"奶奶说："只要能避风挡雨,其他的顾不上那么多了。"他接着道："房子还很不错的,以前是美国公墓,里面放了一些死人的名牌儿。现在老美回国了,那些牌子也都带走了。我看了一下,里边儿什么都没有,你真敢去住?"

奶奶闻听,立刻斩钉截铁地说："那有什么关系?住!"

二十五

自从搬到美国公墓的空房子住下后,爷爷为了早日恢复病腿,拄着拐杖,在图云关一带,走来挪去地找朋友聊天儿,常常一出门就是一整天,直到很晚才回来。

那公墓的房子靠近公路边,人来人往的。奶奶一边照料着刚会走路的二叔,一边操持着家务,只是离山远了些,没法砍更多的柴火换钱了。一天下午,奶奶逗二叔玩:"川儿,妈妈教你,川儿拍拍手,啊哦,川儿会拍手了。川儿做虫虫飞,对,川儿好能干哦,会做虫虫飞了,川儿好乖呀,妈妈好爱川儿……"

母子俩正在里面玩得开心,就见路上有人驻足,听了一会儿大声叫道:"你们听,里边儿有鬼在讲话呢!"同行的人哈哈大笑起来:"哪里有鬼?是你的耳朵有毛病。"

晚上,爷爷回来后,奶奶把下午的事儿讲了一遍,说:"这儿不能待了,我们还得换房子。"爷爷立刻说:"我早就不想住了,为了省几个房租钱,住在这公墓里,太晦气了,现在就搬!"

眨眼间，1946年的春节就要到了。这是抗战胜利后，爷爷奶奶过的第一个没有枪炮声的新年。

自打从美国公墓搬出来租了新房后，窘迫的日子似乎也变得顺溜起来。出租屋的前面，有一间小茶馆儿，房主是抗战时期从大后方避难来此的，现在抗战胜利了，他要携家带口地赶回老家过年。房东太太对奶奶说："这个茶馆儿还不错，关了有些可惜，我看你们人挺厚道的，钱不多，你们想要就意思意思好了，就当是你们送给我们一点旅费了。"爷爷闻之立刻表示同意，奶奶于是咬牙跺脚拿出所有的积蓄把它盘了下来。

有了茶馆儿这档小生意，总比坐吃山空强，赚的钱吃菜用不完，只是人比较忙。奶奶早晨起来先忙儿子，接着做早餐，吃完早餐，爷爷雷打不动地拄着两支拐杖出门，到油榨街上找人聊天，奶奶则打扫茶店开门迎客，生火烧开水，客人来了随时泡茶，没有客人，就跟儿子玩儿，日子过得倒也不错，开始有滋有味起来。这期间，奶奶又有了身孕。

临近过年时，爷爷在医院和当地结交的一群朋友买了13只鸡送给奶奶。两个人便像当年在龙潭驻军时一样，全杀了炖烂煮熟，然后把那群朋友邀请到茶馆里，16个客人加上爷爷奶奶一家三口，把个房子挤得水泄不通，大家喝茶饮酒，吃了顿热热闹闹的年夜饭。

刚过完年，爷爷为了减轻奶奶的劳累，便自作主张地雇了一个叫陈德全的人来茶馆做帮手，奶奶见那人不像是踏实做事的，便不同意，但拗不过爷爷，只好由他。

眼瞅着元宵节就要到了，陈德全给爷爷出主意，说正月十五当天，庙里要耍灯，会有很多人去，他想到那里去卖东西，生意一定很好。爷爷想都没想，当场同意："想去就去嘛！"

奶奶闻听，赶忙劝阻："我们这点儿小本生意，犯不着到那里去凑热闹，出了问题真的担待不起。"

爷爷却一瞪眼睛，大声地说道："他老实可靠，不会有问题的。"

第二天一早，陈德全担了两坛老酒、糖烟点心，一应俱全地出了门。刚过中午，奶奶正在茶馆张罗着客人，就见有人告诉说陈德全在石桥上跌了一跤，把酒坛全打破了，烟、糖果、点心啥的都泡了酒。奶奶大吃一惊："那陈德全呢？"来人说他不敢回来，已经走了。

晚上，爷爷挂着两根拐杖，"咯噔咯噔"地回来后，奶奶生气地把情形讲了一遍，心疼地说："那可是咱挣下的所有本钱啊，忙了那么久，才赚了点儿钱，一下子就泡汤了。"爷爷显然已经听说了，他平静地应答道："算了，别提了。"

奶奶对此既难过又生气，却无力以对，加之怀孕胃口极差，呕吐不止，只开张一个来月的茶馆便关门歇业了。

此时的爷爷却心气很高，丝毫没受这件事的影响。他一到星期天，就拉上奶奶，带着儿子，坐马车去贵阳市里，一天看四场电影。影院一个星期换一次片子，他们每一部片子都不漏掉。看完电影，就上饭馆儿吃饭，吃不完打包回家。奶奶说，那简直是最疯狂的一段日子，她完全沉溺在了丈夫少有的温暖疼爱之中。

然而奶奶不知道，在万里之遥的河北景县、自己丈夫的老家，还有一群老小正在眼巴巴地盼着爷爷归来，人人都痛苦得真要疯了。

那时候，俺祖母的痨病越发严重，且神经也变得有些不太对劲儿了。1946年的除夕之夜，我的曾祖父、曾祖母正在招呼一家人吃饺子，突然，父亲发现俺祖母不见了人影，顿时慌了神，丢下饭碗四处寻找起来，结果发现寒风中，俺祖母一个人在院子里跪在冰冷的土地上。

俺祖母手里端着一碗饺子，眼睛瞪得吓人，嘴里不停地念叨："回来吧，回来过年吧，回来吃饺子……"此时，曾祖母习惯性地露出一脸的难看，翕动着早已经掉完了牙的嘴，絮絮叨叨地说俺祖母又犯了癔症，真的被妖魔附了体哩，她边说边颠着一对小脚，颤巍巍地在俺祖母一旁也跪下，烧纸驱魔。

忽明忽暗的纸火在瑟瑟的寒风里，发出地狱般的光亮，照在一老一小两个女人惨白而凄苦的脸上，显得恐怖极了。

这一幕，已经13岁的父亲看在眼里，一辈子都忘不了。他生前曾多次跟我说："俺娘活得太苦了，她哪里是吗妖魔附体，就是想你爷爷想得发疯了。你说，天底下咋还有那么狠心的人呢？他一走就是九年，连封信儿也不知往家里打啊！"

二十六

　　爷爷终于破天荒地给家里寄来了一封信。

　　父亲记得好像是在1946年的夏天间，杳无音信的爷爷，在亲人们万念俱灰之时，突然给一家老小写来很短的一封信。信中没说他这些年都在外干了什么，但却明确地告知，他现在有了一个女人，名字叫汤荣章，湖北孝感人。他们还有了一个儿子，另一个孩子即将出生。这封信里，爷爷没有告知在外的详细地址，不过信上那异常决绝的口吻以及那带有"贵阳"字样的邮戳，让父亲刀凿斧刻般记在了心里。

　　父亲说，接到信后，一家人都被弄蒙了，全都傻了眼儿。我曾祖父看完信暴跳如雷，跺着脚着大骂我爷爷混账玩意儿。但是，他除了对外不敢声张，尤其对俺外曾祖父那边更是相瞒之外，一点办法也没有。

　　在知书达理的曾祖父看来，自己的儿子瞒着爹娘，私自在外讨小生子，那就是件大逆不道、辱没祖宗的丢人事，这要让村里人知道了还不被戳断脊梁骨？让亲家听到了还不闹个鸡飞狗跳、臭名远扬？家门不幸，出了这档子没皮没脸的败兴事儿，他只能打掉门牙往肚子里咽，瞒过一时算一时，等那混账不争气的"野孩子"回家,再跟他好好算这笔账。

听我堂姑讲,家里老人对俺祖母还是很上心的。有一次,曾祖父听村里人说,邻近的大神冢村,有个先生家的祖传偏方,可以治好俺祖母的病,于是立刻就买了一盒槽子糕,拎着去了。开了方子,又跑到青兰集市上抓了药,回来亲自给俺祖母熬了吃。堂姑说:"你老爷爷那是村里有了名的老抠门儿,平日里根本舍不得花点小钱给俺和你爸几个小孩子家买个糖豆儿吗的,可他对你奶奶可舍得喽。"

我听后,幽幽地说:"听我爸讲过,老爷爷老奶奶一开始的确对患痨病的俺奶奶还行,后来时间一长,觉得光花钱还没见个好,加之爷爷出门在外长期没个音信,不知死活,就觉得她不仅是个累赘,还是个扫帚把子丧门星,渐渐地对俺奶奶不好了,横竖看着不顺眼儿。您说,我老爷爷现在这么上心,又是抓药又是煎的,是不是他看到我爷爷的来信后,内心感到很愧疚,觉得对不起俺奶奶呢?"

今年已是86岁的堂姑,沉思了片刻,长长地叹了一口气,说:"唉,金岭啊,那时候你大姑俺也不大,才十来岁儿,将将懂点事儿,大人们之间的那些事儿,俺也说不清楚哩。"

但,我需要搞清楚,尤其想知道爷爷为什么会在那个时候写这封信,他写信时究竟是一种什么样的心情。

从父亲刻骨铭心的收信时间来判断,1946年的夏天,爷爷的腿伤虽还没有好利落,但已无大碍,早过了伤筋动骨的一百天,何况有奶奶在身边悉心照料,他的伤病应该恢复得差不多了。但是,爷爷却一直待在贵阳,宁可成天价儿挂着个拐棍儿走街串巷,吃喝聊天,也不愿待在家里。甚至因为在外闲来无聊,惹是生非,还给奶奶招来一场无妄之灾。

据奶奶书中讲,有一天家里突然冲进来两个女人,报上姓名就一起上来打奶奶。奶奶一边后退一边讲理:"我和你们不相识,你们为什么要打我?"他们说:"你丈夫讲我们的坏话,我们要打你出气!"奶奶辩解道:"他讲你们的坏话,你们去找他才对,打我算是什么道理?"对方一边继续追打一边不停地骂道:"我们找不到他,我们来找你,就打你!"

奶奶这下可彻底被激怒了。她心一横,上前紧紧抓住两个女人的头发,使劲儿地拽扯不撒手,两个女人的头立刻像皮球一般被撞来撞去,疼得嗷嗷直叫。奶奶的反抗力度与回击招数显然超乎了对方的意料,把她们震慑住了,加之奶奶怀有身孕,两个女人多少有点顾忌,所以经旁人一劝解,便很快借坡下驴,骂骂咧咧地散了去。

这是奶奶一生中第一次也是唯一一次与人打架,奶奶说"这样子太野蛮,也太丢人了"。而让奶奶平白无故横遭屈辱、把脸都丢尽了的竟是自己的丈夫。

当晚爷爷回家后,奶奶很生气地抱怨他。爷爷辩解道:"那两个坏女人,我又没有说她们什么,我根本就不知道,是别人说时，我只是在那里当听众而已。"

奶奶说："别人说，她们不敢找，你不一样，你有家。我拜托你，以后不要胡扯人家飞短流长好不好？人家的女人坏也好，好也罢，那是人家的事儿，你把自己的女人管好了就行了。"爷爷听后，说："以后不跟他们谈这些就是了。"

由此看来，那两个女人并不全是捕风捉影地找奶奶发泄私愤，爷爷的确有不妥之处。

读罢这段，我备感震惊。一个才华横溢、胸怀大志的陆军步校教官，一个英俊果敢、谨言慎行的抗日部队营长，竟然成了一个走街串巷、说长道短的市井闲人，成了百无聊赖、浑噩度日的颓废之人，爷爷前后的变化实在太大了，难怪让奶奶都忍无可忍了。但细细分析开来，又不难理解，这一切皆与爷爷的受伤有关。

大难不死，一息尚存，爷爷内心的求生欲望格外强烈，活下去就是最大的目标。而当伤病好转，虽没截肢，但落下残疾却已是必须面对的严酷现实时，爷爷的心态也发生了微妙的转化。年仅34岁就成了一个废人，这对于从小就想干一番事业、出人头地的爷爷，真是一种无情的重击，更是一份极大的嘲讽，他内心的焦灼与沮丧无以复加。

抗战取得了最终的胜利，对于一个军人而言，此时要么衣锦还乡，要么驰骋沙场，但他却拖着一条残腿，蜗居在黔东南的大山里疗养度日，有家不能回，有国不能报，几乎都要被人遗忘了。在他戎马倥偬的生涯里，没有比这更失败的了，也没有比这更让他绝望的了。他的颓废，他的无聊，包括他的说长道短，都是万念俱灰下的绝望表现，一种苟延残喘、得过且过的极端行为。

1946年的夏日，爷爷就是在如此的困顿境况与心灰意冷下，给河北老家的亲人们写信的吧？至于他写信时的决绝态度，以及为何会选择那个特殊的时候写，则应该与奶奶有最直接的关系，我想。

二十七

　　以前读奶奶的书，我感觉她是真不知道爷爷曾瞒着她，写过这封令人诧异的重要信件的，因为她在书中从没有提起过。但现在看来，奶奶不仅知道，还很有可能是她亲自督促着爷爷写的。

　　对她而言，这封信绝对算是对从未谋面的公公婆婆宣布自己存在、希望得到认可的重大信物，她这个做儿媳的怎么会不看重呢？讲究礼数的奶奶又怎肯放弃这个能够尽孝表达问候的机会呢？

　　离家一别就是八九年，想念远在家乡的父母，抗战胜利了给家里写信报平安，这是人之常情，奶奶也一定这么做了。但是爷爷却一直没有，甚至连何时携妻还家一事，相信他也是尽量回避，绝少主动提起，这巨大的反常不能不引起敏感的奶奶注意，甚至是疑虑。于是为了打消奶奶的顾虑与猜忌，也为了证明自己当初所言的婚姻状况为真，爷爷在奶奶的一再督促下，硬着头皮，极不情愿地写了那封完全无视自己原配妻子尊严与死活的信函。

　　至于这封绝情的信件带来的致命后果，远在万里之外的爷爷奶奶是断然想不到的，他们应该也不愿去想。

听父亲讲，收到爷爷来信时，俺祖母已经病入膏肓，奄奄一息。

大字不识一个的俺祖母，最终知不知道爷爷在外面又有了别的女人，千真万确地是彻底弃她而去了，父亲没说，我也无从知晓。父亲只记得，俺祖母临终前，给他缝补了一件小褂，里面专门留了个口袋，让他记得装上爷爷的来信和河北景县南吴庄村的地址。她把父亲叫到跟前，说：娘死了，你就按信上的地址去找你爹吧，你爹叫孙彦波，告诉他俺不行了，要先走了，等不到他回来了，让他好好照顾你……父亲每次提起这件事，都忍不住像个孩子一般，抽泣不止，鼻涕眼泪跟着一起往外流。

1946年8月下旬的某一天，抗日战争胜利刚满一周年、国共两党全面内战爆发之际，年约36岁的俺祖母终于咽下了最后一口气，结束了她悲苦而短暂的一生，也离开了这个让她难以明白，更割舍不下的世界。而这个世界却没有人确切地知道她老人家叫什么名字，甚至连她的乳名也没人记住，至今只能以"孙王氏"称之。

她老人家临终前唯独感到一丝欣慰的是，她为之生女育儿、苦等残生的那个男人还活着，没有死。

按照当时河北景县老家的习俗，女人先男人离世，可谓是家族中的一件晦气事儿，其遗体不能埋进祖坟，只能在旁边的荒地里先找个地方简单入葬，坟头也不竖碑，以表示逝者没有尽全妇道，完成隆盛后代的责任，无颜面对祖先。只有等到自家男人也老了，再被翻土起坟，敛了尸骨与男人一起葬到祖坟，并树碑立传，流芳后代。这期间她只能算是没有名分的孤魂野鬼，在外飘荡。

每到清明祭祀时，生者前去上坟，也必须是先尽着有碑的逝者烧纸跪拜，等到了最后才可到妇家坟头，把剩下的冥纸铜钱有多少烧多少，意思一下，绝不可乱了前后秩序。且祭拜时的祷告也与众不同，多是些安魂抚灵之语，恳请这些暂做孤魂野鬼的亲人，多做善事多积阴德，静等招幡纳魂，葬入祖坟，再享天堂荣光。

俺祖母这个可怜而悲苦的女人，走的就是这样一条路。她只活了短短 36 年，死后却做了整整 61 年的孤魂野鬼，大半个世纪里都不得安息，仿佛一直在忏悔着自己撒手早去的过失，一直在弥补着自己未竟的妇道之责。

至今，我都固执地认为，年幼的父亲虽然成了一个没爹没娘的孤儿，但在冥冥之中，俺祖母却一直庇护着她唯一的骨肉，让父亲历经磨难，顽强生长，延续着孙家一脉香火不绝。而她那四处飘荡的灵魂，更没有停下寻找自己丈夫的脚步，即便知晓了世间的一切真相，可她依旧无怨无悔，痴心不改，让爷爷一次又一次地得到重生的机遇。

应该是在寄出那封潦草应付的家信后不久吧，爷爷就接到了贵州安顺54临时教养院的通知,让他前去进行深度调养与治疗。

尽管奶奶极不情愿他去,一再诉说自己"真的很累,受不了了",但爷爷还是一意孤行,撂下一句"再苦也要忍耐"的话,第三天就迫不及待地前去报到了。此时奶奶已有7个月的身孕,而二叔不满两周岁,母子俩不得不再次过上丈夫和父亲不在身边的清苦日子。

爷爷之所以如此决绝,除了有躲避奶奶、图个清闲的散心之意,还应该与时局的风云变幻密不可分。之前有一个细节,不得不提,那就是传令兵江云方,自1946年初从陆军总医院搬到美国公墓后,他就离开了爷爷,再也没有出现在奶奶的回忆录中。出现此种情况,我想有两种可能。

一是他见爷爷出院已无大碍,又有奶奶照料,便辞别离去,回家探亲过年了,并从此脱下军装,回归田亩,再无音信。而第二种可能就是,随着局势的发展,国共两党边谈边打,情形愈加严峻,矛盾不可缓和,内战一触即发。为了招募更多的兵员加强备战,江云方接到命令或是主动要求返回了部队,开始了新的拼死搏杀,生死未卜。

而后一种可能性更大一些,也更能刺激着爷爷去做出一些让人不可理解的言行来。没有下属在身边,他那种心灰意冷、聊以度日的颓废举动,便开始无所顾忌地表露出来,不需要再加掩饰。

但在爷爷内心，却深埋着不死的灵魂，渴望恢复健康、早日重返战场的信念随着时局的变化、伤情的好转愈发强烈，不可抑制。只有在战场上，爷爷才能找到自信，焕发血性，实现出人头地、荣归故里的梦想。当然，爷爷也许真的是认为，他作为一名党国的忠诚军官，理应赴汤蹈火前去"剿匪灭共"，即便是身有残，力不逮，也要为党国尽忠。

爷爷显然把去安顺教养院当作了可以彻底恢复腿伤、保有全面健康、等待东山再起的最后一次机会。不管有没有用，也不管是福是祸，他绝不会轻言放弃，更不会因女人的几句哀求就改弦易辙，流动在血液里那份从不安分的野性，促使他必须去搏这最后一把。

二十八

爷爷离开贵阳到安顺两个月后,奶奶便生下了一个女儿,即我的大姑孙镇圭。

虽然生产时爷爷赶了回来,守在身旁,但是这种聚少离多的日子却让奶奶再也无法忍受。她开始怪爷爷不听劝阻、一走了之的绝情,恨他把一家老小丢在贵阳不管不顾、自生自灭的狠心,这种愤怒的情绪最终又一次变成了她当机立断的果敢行动。

奶奶把行李简单地收拾了一下背在背上,抱着还没满月的女儿,拉上刚两岁的儿子,叫了一辆马车到汽车站。她买一张票上车,下午就到了安顺,再租了辆马车直奔西南大旅社而去。

我喊:"孙彦波,下来!"喊了好几声,终于听到有人传话:"大哥,外面有人在叫你。"他在窗口看到,又是那一句:"你怎么来了?"没有说"谁叫你来的"。我告诉他,这一回是坐马车坐汽车又坐马车来的。他说:"上来吧。"我一肚子气,说:"上来?怎么上?往哪儿上?"他听我口气不对，说："好，我下来，你们等着。"他下来带路，把我们带上去，我抱女儿，他牵着儿子。他住在三楼，上去看他住的地方，虽只有一间房，可是很大，足够我们住的。

奶奶的这段描述，虽然很简单，却极其传神。能想见爷爷当时的复杂表情，大感意外却又无奈，一副惊而不喜、愠而不怒的怅然与寡淡。

两个同样是爱到骨子里的女人，面对着爷爷这个我行我素、霸气十足的男人，俺祖母这个大字不识一个的乡下女人，选择的是言听计从，逆来顺受，以为如此才能得到男人的欢喜，支撑起自己的一片天空，谁知最终却落得孤守空房，香消魂散，一败涂地。

奶奶则不然，绝不放弃自我、坐以待毙，爷爷可以有他的想法与选择，自己同样有不甘认命的应对，在有关两个人生离死别的大是大非面前，她不是一个被动旁观的局外人、依附他人的弱者，而是一个不可或缺的参与者，拥有主见的勇者。

两个女人对待爷爷的不同做法，在决定她们各自截然不同的人生轨迹时，也直接决定了爷爷对她们大相径庭的态度。对俺祖母，爷爷没恨也没爱，对奶奶，他也许有恨，但更加有爱。

正是因为奶奶这次异乎寻常的疯狂举动，才有了接下来一家人的重新团聚，并避免了一场令人惊悚的劫难，让爷爷万幸地躲过了一次最严峻的死亡威胁。

爷爷到贵州安顺临时教养院疗治，纯属政府安抚抗战负伤将士，以显示体恤关怀的一次表面文章。因为在那里，爷爷不仅根本没有得到更好的休疗与照顾，反而待遇与条件比贵阳的陆总野战医院还差。

据奶奶书中记载，她到了安顺才知道，爷爷在临教院是不用自己煮饭的，她来了也不用为此张罗。他们这些伤员以及眷属，都在所居住的西南大旅社里吃，一个月一个月地包，费用不贵，味道也还可以，大家都称之"包馆"。奶奶以为是院方特意安排的，后来才知道，是爷爷他们这些病号，忍受不了院里的清汤寡水，自己找到的一份解决温饱的便宜生意。

西南大旅社在安顺街头，是座很大的饭店，每天要办很多桌酒席，那些剩下的菜，扔掉也是浪费，就便宜卖给爷爷他们。爷爷一再给奶奶解释，这不是吃客人吃剩的，而是厨师剩在锅里的。但不管是吃哪一种，有一样是肯定的，必须要等到饭店没有了客人，爷爷他们才能吃到口，且人多粥少，还得提前去排队占个位儿，眼巴巴地看着食客大快朵颐。一旦去晚了，连残羹剩汤都打不到，那就得自己去想办法解决填饱肚子的问题。

这种饥一顿饱一顿的无常饮食，有上顿没下顿的无端忧扰，对疗治调养中的病人身体无益，更对其心理与自尊造成极大伤害，如同在吃嗟来之食一般的羞辱感觉怎能不让人怀疑人生、精神崩溃呢？奶奶觉得，这哪里是真正的生活，简直就是在混日子。扭曲的环境下，让儿子跟着吃"包饭"，又怎能把子女教养成有自尊有出息的人？

爷爷对此却心安理得，一副无所谓的样子。他安慰奶奶道："我们不会这样过一辈子，我现在是在养伤，等我完全好了，我们就可以办退休。拿一笔退休金，到湖北或到昆明找一块儿气候好、交通好的地方，我们可以种菜卖，教育孩子，把孩子养大。你放心，我们又不懒惰，又没有不良嗜好，会把孩子养大教好的。"对于未来的安排，爷爷提到了湖北，更提到了昆明，独独没提到河北老家。

安顺地方不大，就那么一条小街道，奶奶意外地在那里遇见了两个女同学兼工友。三个人都曾在抗战期间的遵义保育院一起生活，并一同被招工到了丝织厂。

最先在街上撞见的叫顾希秀，一个当年非常漂亮、傲气十足的女同学。她在丝织厂那场罢工后便离开了工厂，很快嫁人到了重庆。谁知婚后才发现被骗了，那个男人是个一无所成的小流氓，吃喝嫖赌样样都会，就是不会做正事。

奶奶说，这个顾希秀是她爸爸第三任妻子生的，生下她不久，母亲就死了。她爸爸此后又讨了七房妻子，女儿养了一大堆，就是不生儿子。顾希秀结婚时，她爸爸把她母亲临终前留下的一条金链子送她做纪念，顾希秀就戴在脖子上出

149

嫁的。在重庆时，那个花言巧语把她骗到手的家伙露出了真面目，在外赌博输得一塌糊涂，回家向顾希秀要钱不果，便索要她脖子上的金项链。那是母亲唯一的遗物，顾希秀说什么都不给，但最终还是被那个混蛋抢走了。顾希秀一气之下，带着儿子当了尼姑。

抗战胜利后，顾希秀的爸爸到处找她，半年前才从重庆的尼姑庵把她带回安顺老家，奶奶看到她时，她头发还没长出来。

与顾希秀的相见，让奶奶感慨万千，恍如隔世，她在同情老同学不幸遭遇的同时，也为自己的婚姻选择感到欣慰。她不再焦躁，开始觉得跟爷爷在安顺过这种简单而平淡的日子，也是一种幸福的活法。

另一个叫向桂珍，是在西南大旅社里巧遇的。

住在爷爷隔壁房间的病友太太要临盆，向桂珍前来接生，她一眼就认出了奶奶。当年那场罢工之后留在丝织厂继续打工的两个保育院童工，只剩她和奶奶，两人都是因为有弟弟妹妹在保育院，舍不得弃之而去，最终委屈忍耐留了下来。

奶奶后来逃婚离厂，孤身前往重庆，半路遇见爷爷，一见钟情，私订终身，从此结下生死情缘。而向桂珍随后也离开遵义，来到了安顺省立医院当了妇产科护士。奶奶把自己的现大洋送给那些拿不到工资而不得不离开的童工同学们，以及她面对厂长亲戚逼婚而偷逃等事儿，向桂珍都记得，也清楚详情。她打心眼里敬重奶奶，赞叹不已。

听向桂珍述说，她来医院后，院长要她嫁给他弟弟，否则这份工作将不保，向桂珍最终选择了屈服。向桂珍本来是有个男朋友的，认识多年，也是保育院的同学，两人感情很好，同学们都知道。结婚时向桂珍发喜帖，请那个男朋友来参加婚礼，原想着对方不会来，只是礼貌告知一下，谁知人不仅来了，还在现场闹得一塌糊涂，向桂珍至今想来都觉得心里真像有把刀在割肉滴血一般地痛。好在现在这个丈夫，人还不错，就是身体不好。

奶奶闻听，对向桂珍说："你没出息，也没有志气。人在困难的时候，要把自己置于死地而后求生。我离开丝织厂就是这样。你还有个人可以商量，我连个商量的人都没有，我就是宁死不屈。你有个弟弟，我有个妹妹，都是我们的牵挂，我要不是有个妹妹在保育院，早就离开丝织厂了。"

与顾希秀、向桂珍的偶遇，让奶奶比来看去，觉得自己其实真的生活得不错。当年在一群未谙世事、离开亲人、漂泊在外的抗战保育院孩子们中间，那个胆子最大、吃苦最多、不为蝇头小利而屈服折腰的傻女生，几年过去了，如今依旧是个敢于争取自己的幸福、敢于面对一切的困苦、敢于置之死地而后生的傻女人。这份油然而生的自信和与生俱来的勇气，支撑她在安顺度过了近半年的无聊时日，伴夫教子，无怨无悔。

二十九

　　1947年初，爷爷再次遇到了一场让他差点命丧黄泉的飞来大祸。

　　这一天，爷爷告诉奶奶说，要体检，中午就不回来了。可是到天黑也不见他回来，半夜了依旧不见人影，奶奶有些着急，几乎一夜未眠。好不容易熬到第二天天刚蒙蒙亮，奶奶便心急火燎地开始四处打听消息，这才知道爷爷被临教院关起来了，理由是他违抗命令。

　　奶奶大吃一惊，立刻想起了一件事来。爷爷曾多次跟她说过，院长田玉汎是个帮派头目，几次叫爷爷加入帮会，爷爷都借故敷衍，始终没有点头应允。既然敬酒不吃，那就吃罚酒，这一次不会是田玉汎借机找事，要给爷爷点颜色看看吧？

　　奶奶顾不上再多想，立刻抱着一个拉着一个，带上两个孩子，就来到了临教院。

　　奶奶记得很清楚，那是早晨的七点来钟，她径直找到了院长田玉汎，推门就问："院长你好，我是孙彦波的家眷，我来请问院长，他犯了什么罪，你把他关起来了？"

田玉汎显得很客气地说:"孙太太,你请坐,有话慢慢说。"

奶奶说:"我不坐,就是请问院长,他犯了什么罪?"

田玉汎不急不慌地说:"这个,我也不太清楚,是上面派来的人,听说是违抗命令。"

奶奶装作自言自语:"违抗命令?违抗什么?负伤人员在这里是养伤……院长,我可以去看看他吗?"

田玉汎十分痛快地说可以。奶奶立刻接话道:"那就请院长派人带路。"田玉汎于是回头冲屋外喊:"宋主任,你送孙太太到警备室看孙营长。"

奶奶跟着走了两公里路,那个姓宋的都没有帮她抱孩子,已经走到警备室后面了,他却说:"嫂子,我看你很累了,我帮你抱抱孩子吧。"奶奶见夫心切,也不知道还要走多久,没多想就把女儿给他抱了。谁知拐了个弯儿就到了,姓宋的抱着我大姑停住脚步说:"孙大哥就关在里边,你去安慰安慰他,劝他不可以违抗命令。"

奶奶推门进去,急切问起缘由,爷爷说:"我怎么会违抗命令?他田玉汎有什么命令可以让我违抗?我一个养伤的病人,什么责任都没有,他根本就是假公济私,欲加之罪,何患无辞。你要小心,我们在这个鬼地方,人家要把我杀了,也没有人知道。要是我有不测,你就带着孩子,到重庆找戴鸿钧,戴大哥会帮你的。只是走到那一步,你就苦了。

我若平安出去，我们就马上离开这里！"

奶奶闻听，倒吸一口冷气，立刻感到事态不妙，这已非"敬酒不吃吃罚酒"那么简单了。她大声地对爷爷讲："这个时候，我不要小心，我要勇敢！要死，我们一家一起死！田玉汛，哼，他敢吗?！我把川儿留在你这儿，我走了。"

说完，奶奶夺门而出，也不管女儿在哪儿，大步流星地奔临教院而去。

此时的临教院大门口突然增加了两个卫兵，端着枪分列两边，令人感到紧张。哨兵不让进，并用枪抵住奶奶的胸口让她后退。此时的奶奶早已不顾死活，她用两只手把枪往两边使劲一分，昂然地闯了进去。

奶奶没有进田玉汛的办公室，而是在屋外大声痛骂起来："田玉汛，你这个混蛋，给我出来！你也是个残废，为何不替伤患着想？你太自私了，你最好下令把我们一家人都杀了。但是你敢吗？你不敢！你不敢，就把孙彦波给我放出来，叫他到这里来接我，否则我不会离开这里。你们这些混账东西，无法无天啦！"奶奶不停地大声吼骂，立刻引来许多的人围观。

田玉汛见奶奶越骂越重，显得声嘶力竭，人也越聚越多，开始议论纷纷，他有些沉不住气了，从窗口探出头来，推脱道："这是上面的意思，跟我没有关系。"

"你胡说！谁都知道，他们都是你那帮的弟子。再者说，你是一院之长，难道一点责任都没有吗？你不点头，他们敢吗？你这个院长是做什么的？要你何用？"这时有人从田玉汎屋里走出来，对奶奶说："嫂子，不要吵啦，孙大哥明天就回家了。"奶奶斩钉截铁地说："我不要明天，我就要今天！"

田玉汎气哼哼地说："哪有那么快？这是公事儿，你们妇道人家不懂公事。"

奶奶闻听，更加提高了嗓门说道："谁说我不懂公事？我有儿子，我不懂公事，将来怎么教儿子呢？娘不懂公事，才教出一些混蛋，胡作非为！"

这下轮到田玉汎慌了，他气急败坏地吼道："叫她出去！我放了孙彦波。"奶奶不依不饶地说："我不出去，你别做梦了！等孙彦波来接我，我才出去。告诉你，孙彦波是抗日负伤的英雄，国父孙中山的信徒，委员长的学生，谁敢关他？！"

正在双方紧张僵持的关键时刻，人群中站出一个人。他一手端着一把手枪，对着田玉汎的脑袋，大声喊道："田玉汎，我限你一个小时，让孙彦波把他太太接回去。一个小时你没有把他放了，我先毙了你！——你信不信由你！"接着，他转身对着奶奶说："弟妹，在这儿等着，老弟很快就会回来接你的，他不来，我会再来，你放心！"

说完，那人用力地抖了抖双臂，然后把双枪往两个裤袋里一插，扬长而去。

三十

危难时刻出现的那个人，让奶奶眼前一亮。他叫常守义，是爷爷来安顺临教院认识的拜把子兄弟，奶奶唤他叫常大哥。

据奶奶讲，这个常大哥是打游击出身的，抗日期间作战异常骁勇，会使双枪，性格也刚烈彪悍，跟爷爷非常合得来。他由于负伤，两只手只剩下了六根指头，但双枪照样打得极准。由于他立有特等战功，来临教院属于带职养伤，每月都有固定的官俸薪水，比爷爷他们这些只是领取负伤慰问金与疗养补贴费的病号们，不知要强多少。

这个常大哥，手头拥有一笔固定的丰厚薪酬，养伤又轻松无聊，便在安顺附近郊外租了个不小的牧场，花钱雇人喂牛养羊，靠卖奶卖肉赚取利润。他这个人对钱看得很淡，对牧场的雇员们也不苛刻，只要求不赔本就行，这样一来生意反倒做得很好。常大哥与爷爷可谓性格相似，趣味相投，两人彼此互称兄弟，两家子太太呢，也彼此相敬，时有走动。爷爷奶奶就曾被他们请去，在牧场吃了一顿烤全羊，一家大小大快朵颐，口留余香。

奶奶说常大哥是"打游击的出身",这显然是一种客气表达,用一句摆不到桌面上的话讲,那就是干土匪起家,后被国民党军收编。常大哥平日里对待临教院的伤患们也很江湖,仗义疏财,扶弱帮困,加之生性暴烈,敢作敢当,因而拥有极高的名望,连院长田玉汛都要敬畏三分。

也该着爷爷福大命大造化大。这常大哥平日里与太太是住在安顺街里的,他嫌临教院条件太差,自己一家人就在外租房单住。恰巧前天晚上他到院里来没走,一大早就赶上了奶奶大闹临教院。他一听是自家拜把子的小兄弟出事了,立刻暴怒,拎着双枪就站了出来。

多亏有常大哥危难时刻的及时出手。院长田玉汛本已被刚烈的奶奶当着众人骂得狗血喷头,方寸大乱,现在常大哥的双枪警告,犹如最后的致命一击,让他心惊肉跳,败下阵来。他立刻感到事情不妙,出现了危机,如若再僵持下去,必然沸反盈天,引火烧身,于是赶紧指使着手下去处理。

常大哥离开只半个时辰,奶奶还在那里仰天痛骂,这边就有爷爷的好朋友过来告知:"大嫂,回家吧,大哥在家等呢。"

奶奶也吃了一惊,不相信会这么快放人:"你没有骗我吧?"对方回答:"真的,我怎么会骗你呢?快回去吧,孩子们也都在家呢。"奶奶这才停止了讨伐,三步并作两步地往家里跑去。

一进家门,爷爷已把衣服换好,长袍马褂黑色的礼帽,收拾得很齐整。爷爷急促地说:"我这就离开到贵阳去。有人问的话,你就说我到重庆了。你们在这里不要怕,常大哥他们都会照顾你们的,我在贵阳把事情办完了,我们就到重庆去,然后到北方,我们的部队在保定,现在国共又在作战。打完了外仗打内战,我们生在这个时代,真是好苦,这种日子还不知道要过多久呢。我走了,你要好好照顾孩子。"

奶奶听后,没有一丝的慌乱与害怕,她镇定自若地说:"好,你走吧,在外面各方面都要小心,快走吧,再见!"

爷爷走了四五天之后,临教院有个人来看奶奶,进门后客套了一番便问道:"孙大嫂,孙大哥到哪里去了?"奶奶说重庆。他佯装惊讶地说:"重庆?不是说到贵阳去吗?怎么到重庆了呢?"奶奶不露声色地回答:"他说到重庆,怎么会在贵阳?你看到他在贵阳吗?他为什么要骗我说他到重庆呢?"

来人见奶奶说得异常肯定,便显出很无所谓的样子道:"没有啦,也许是我听错啦。孙大嫂,事情过去就算了,大事化小小事化无。"

奶奶警惕地问:"你在说什么?什么大事化小小事化无啊?我听不懂。"来人见状,便拿出一封揉皱了的信给奶奶看。

那是一封来自重庆行政院军事委员会的信函,信中写道:"彦波老弟,我接到一个与你有关的公事,说你违抗命令,例当枪毙。我清楚你的为人,当不会做那种糊涂事,再说你在医院养伤,应当没有事儿。是谁下的命令?你违抗的是什么命令?赶快来信,我好处理。宗恒。"

奶奶看完信,立刻把桌子一拍,厉声呵斥道:"你给我滚出去!"

来人一怔:"我们是朋友,你怎么叫我滚出去?我好心好意来看你,你叫我滚出去,我看你是疯了。"

奶奶提高嗓门说道:"你是混蛋,不要你这种卖友求荣的朋友!告诉你,假若我的丈夫叫你们这些莫名其妙的混蛋枪毙了,叫我不疯也难。好危险,真的好危险!你回去告诉田玉汛,叫他等着瞧吧,皇帝拆私人信函,都要剁掉一只御手,你们这些混蛋该当何罪,你们自己说!"来人被骂得狼狈不堪,仓皇逃窜,一急竟然连信也忘了拿走。

至此,爷爷遭遇的生死劫难,背后的真相才浮出水面,令人细思极恐。

三十一

之前我曾读过有关解放战争胜利前后贵州黑帮的一些史料。当年,刘邓大军的二野五兵团挺进贵州,没费吹灰之力,便击溃了国民党部队,一举拿下了全境。但随即开展的打黑剿匪、除暴安民的进程却相当艰苦,一直持续到1953年才得以最终完成,从中可见贵州黑帮土匪根深蒂固的势力与负隅顽抗的韧劲。

啸聚山林的土匪历来上不了桌面,属于人人喊打的过街老鼠,但是黑帮团伙却盘根错节,隐秘极深,他们为害虽甚,却更难剿除。抗战期间,国民政府为了争取各方力量一致对外,对愿意抗日的各地帮会一般采取默许发展、分化管控的两手做法。抗战胜利之后,贵州的国民党地方政府也忙于内战准备,一时无暇顾及帮会管理,致使一些黑帮趁势坐大,很快成为当地不可轻视的势力。尤其是传统的贵阳青、红两帮,发展迅猛,分支遍布全省,他们人多势众,威震黔川,就连当时的省府都要对其礼让三分。

我一直以为,这些帮派多是于民间扎根,与官场勾结,在江湖发力,干些走私贩毒、欺行霸市的勾当。为了寻找保护伞，他们当然会收买贿赂地方官员，以应不测，方便得利，但是一般不会大张旗鼓地在政府机关、部队军营中招募人员、扩充力量，通过这样的规避操作，以维系政府、社会和黑道这三股势力之间的平衡。

但是，爷爷所在的安顺临教院，其全称可是国民政府第54战区临时教养院，属于堂堂的政府列编部门、军事管控机构，这样的地方竟被黑帮分子全部攻陷，并握有生杀予夺的权利，真是让人匪夷所思，也毛骨悚然，并为爷爷能够虎口脱险感到万幸。

可以想见，没有奶奶关键时刻的挺身而出，拼死抗争，田玉汎一伙儿罗织上报爷爷抗命不遵的罪名，那一定是铁板钉钉必被坐实，等待他的只有人头落地的结局。即便是朝堂之上，有重庆行政院军事委员会的要人出手相救，既来不及，也真救不了，强龙怎斗得过地头蛇呢？何况爷爷触犯的是黑帮最看重的尊严与威仪，田玉汎根本咽不下这口恶气，只有杀一儆百，才可解心头之恨。此种情形下，爷爷即便见势不妙，服软认输，忍辱入伙，都于事无补了。江湖黑道上讲究的是先礼后兵，一旦祭起了杀伐大旗，绝无放倒收回之理，否则何以安抚众人、以儆效尤呢？

当然，我也从中看到了爷爷卧薪尝胆的隐忍和暗度陈仓的盘算。

应该讲，爷爷是完全不用跳进虎口，冒险去蹚这道浑水的。尽管他事先未必知道其中的险恶，但可有可无的治疗，可长可短的调养，他在贵阳一定是打探清楚的。爷爷做买卖不行，看人也时常走眼，往往由着性子来，但事关自己前途命运的选择，他断然不会盲动的。正如之前我所分析的那样，爷爷到安顺就是为了能身体康复，最终驰骋疆场，再展雄风。为此，他一直等待着时机，也创造着时机。

爷爷在安顺离别时的后事交代，既是他对奶奶的宽心安慰，也是他悄然运作的全部结果。爷爷一直在关注着时局的变化，也一直与自己的部队保持着联系，甚至不排除是他主动提出，要结束疗养，归队参战的。只不过，他想象着假以时日，可以堂堂正正地离开临教院，却没料到会发生田玉汎先下毒手、欲除后患的意外。这打乱了他的全盘计划，他只得仓皇逃离，再做打算。

当然，他的临危不乱，果敢决绝，也让人看到了一个军人的干练素养和一个校官的应对能力。他在被关之后就清楚地预判到了事态的严重，并为最后的出逃做了精心的谋划。所以得以脱身回家之后，他不等奶奶回来，便已穿好了便装，没有丝毫的犹豫。爷爷知道他一个人潜行出逃，奶奶面临的风险会更加严峻，后果难料，但是带着妻儿一起走，却是必死无疑。

那个时候绝不能有丝毫瞻前顾后的迟疑，更不能有儿女情长的宽慰缠绵，只有自己尽快地脱身，才有可能保全家人，来日方长。而且，爷爷也一定提前想到了，此时把妻儿留下，也是迷惑对手、争取时间的唯一有效方法。这一点，与奶奶所说的"置之死地而后求生"不谋而合。

这些，奶奶在突如其来的危难之际，肯定是想不到的，对爷爷私下运作的一切，更全然不知。也许，她之前真的就信了爷爷的所言，等待着养好伤、办退休、拿笔费用，回归田间，过平静而安稳的日子。

由此可见，人生的有些磨难，并非全为形势所逼，也可能是人为所致，它与人当时的思考角度、价值判断、自我信仰不无关系。只是爷爷这次的人生赌注，下得太大、太过致命了，不仅直接决定了自己后半生的多舛命途，也注定了让奶奶跟着他，从此过上背井离乡、颠沛流离的苦难生活。

这，都是命吗？

三十二

　　毫无疑问，重庆的那封重要来信，救不了爷爷的命，但对奶奶的安然脱身却发挥了意外的关键作用。

　　来自重庆行政院军事委员会的信函中，署名"宗恒"的人想必与爷爷极其熟知，否则爷爷面临田玉汎的死罪控告之时，他不会出手相救的。但是奶奶书中对此人的背景交代，只提到一句，说他是军事委员会办公室的主任。

　　我根据这条线索，查找了相关资料，结果令人失望，只在各种杂乱无序、难以考证的国民党将军名录中，发现有个叫"傅宗恒"的，是一名中将，其介绍也仅短短一行文字："毕业于黄埔军校三期，湖南岳州人。"他与奶奶书中说的是否为同一个人，无法核实。

　　好在这些对于本书的撰写，已不十分重要。即便是同一个人，无非说明爷爷的朋友圈里又增加了一个党国要人，可那又有何用呢？

　　爷爷虎口脱险四五天后，临教院的田玉汎扣押了这封重庆来信，信中所言与写信者身份，显然让他惶恐。人都跑了，留下了后患，已经够田玉汎恼羞得肠子都青了，要是爷爷再反戈一击，上峰调查下来，他一定会吃不了兜着走。万般无奈之下，他只能派人来做奶奶的工作，希望爷爷"大事化小、小事化了"。

既然对方主动休战，提出各让一码，那爷爷自然不会再与之纠缠，节外生枝。他立刻派人开着车，大大方方地来安顺接奶奶到贵阳，然后一家四口轻松愉快地奔重庆过年去了。

在重庆，爷爷算是龙潜大海，虎归山林，压抑多时的英姿豪气奔涌而出。爷爷在1940年前后到遵义的陆军步兵学校进行培训前，就驻扎于重庆。而他任连长时的一个老部下戴鸿钧，此时已是重庆警卫队的大队长，全程由他张罗接待，吃住无忧，一家人游山玩水，日子过得别提多惬意了。

1947年的除夕这一晚，好热闹，席开50桌。因为戴鸿钧是现任的大队长，加上爷爷曾是他们的老连长，所以很多老部下闻讯都来参加。他们见了爷爷都非常高兴，纷纷表示跟老连长一起过年非常难得，一定要好好喝几杯。

爷爷说："诸位诸位，很抱歉，我因腿伤未愈，不能陪诸位痛饮，只能点到为止，请诸位见谅。"

那些人听爷爷这般说来，便道："那好，我们就多敬尊夫人几杯。"

爷爷赶紧又说："对不起，拙内也不能饮酒，她的胃病也很严重，不能喝酒。"

爷爷话音未落，立刻有人吵嚷了起来："那就没意思了，这酒还喝个啥劲儿？"

　　奶奶见状，便站起身来对大家说道："对不起各位，我可以以茶当酒陪各位。"于是大家这才齐声说道："好，以茶当酒，你喝茶，我们喝酒！"

　　这个年夜的饭菜，更是五花八门。奶奶说，他们自己养的猪，杀了两头做菜，什么四川菜、湖南菜、广东菜、江西菜、南京菜、天津菜、北平菜，应有尽有，这些兵大爷们，纷纷拿出看家本领，掌勺掂锅，各显神通，做出来的菜也各有自己家乡的特别味道。奶奶不由得感慨道："这是一生中过得最让人回忆的一个年，军中袍泽的热情令人感动。"

　　在重庆住了十多天，爷爷奶奶一家四口就乘上步兵学校复员到南京的船，准备回奶奶湖北娘家。船上负责带队的是步兵学校练习团的副团长，也是爷爷的老同事，一路上对爷爷和奶奶照顾有加。船到宜昌靠岸停泊，所有人都上岸休息，第二天又换了一艘比较大的船继续东行。过丰都时，许多人下船逛鬼城。奶奶因要照顾一对儿女没有去，她在江边买了一些土特产，准备带回家孝敬父母。

　　奶奶书中讲到这里，来了一句闲笔："李白说千里江陵一日还，可是我们的船从重庆出发，到汉口走了整整四天，因为一路上都有土匪，很不安全。"

　　这种不安全，对于久经沙场、出生入死的爷爷和年轻气傲、生性胆大的奶奶简直是小菜一碟，根本就没放在心上，奶奶甚至都懒得去细说。但是远在河北老家的父亲，他此时的恐惧与痛苦却是真真切切的，那是一种深入他幼小心灵、使他饱受重创的至暗记忆。

三十三

俺祖母离世后，曾祖父的三个亲生儿子，只有老三孙彦圣有个正常的家，其他两个全都残破不全了。

家里的老大，就是我大爷爷孙彦彬，是个本分老实的庄稼人，他身强力壮，吃苦肯干，是曾祖父的好帮手，可惜却在1945年抗战胜利前夕，被一场莫名的突发疾病，夺去了性命，丢下妻子和比父亲还小的两个女儿。家里人总算知道了爷爷还活着，但他却跑出去疯野，有家不回，俺祖母一死，父亲就成了有娘生没爹养的孤儿了。有儿有女有妻室的三爷爷孙彦圣，自然显出了其不可替代的重要性。

据父亲和母亲讲，这个在家里被曾祖母唤作"三圣子儿"的三爷爷，抽烟喝酒耍大钱，啥不好学啥。曾祖父见他不成器，曾想让他分家单过，省得成天价儿在眼前游手好闲、晃来晃去的看着心烦。眼下老大老二家接连出了这么多变故，年事已高的曾祖父也慌了手脚，不仅不敢再提分家，甚至还怕他真拍屁股走人，剩下一群孤儿寡母的，还不要了自己的老命？

这三爷爷也不客气，蹬鼻子上脸，大事小事他说了算，好处便宜他都占先，一辈子清高自负、不怒自威的曾祖父，很快就沦落到了要看儿子眼色行事的地步。加之年轻守寡的俺大奶奶人微言轻，逆来顺受，年仅13岁的父亲无依无靠，不敢作声，这三爷爷俨然成了老孙家说一不二的当家人、威风凛凛的顶梁柱。

曾祖父家除了种地，还开着一间粉坊，磨豆腐做粉条，卖了换钱维持家计，日子也还过得去。大爷爷在世时，领着自家媳妇，把地里家里的活儿全包了，他走后，俺大奶奶仗着自己年轻，从早到晚忙个不停，虽更加辛苦不易，但那粉坊在曾祖父的精打细算和俺大奶奶的辛勤劳作下，还能勉强维持。

三爷爷从小就是个游手好闲的主儿，庄稼活不会干，家里活不愿干，现如今他来管家，便敞开了心思可劲儿造，成天价在外喝酒耍钱，没几个月就把家里掏空了，粉坊再也维持不下去，只能关张歇业。这一点我母亲记得非常清楚，说当年父亲家来上门提亲，媒人特意说男方家里还开有一间粉坊呢。等过了门才发现，这粉坊早已荒废，只剩下一堆磨豆腐的旧家什，堆满灰尘。

孙姓人家在南吴庄村是个外来小姓，共有一个祖辈，至今尚存坟头、刻有碑文的最早一位，叫孙希谦，是我高祖父，他生有两个儿子，其中一个就是我曾祖父孙福昇。孙家虽人丁一般，却几代中始终都能有个把识文断字之人。20世纪二三十年代，曾祖父自己能识字会写信，也让我爷爷出去读书见世面，这种情况在村里不多。他对自己的孙子，也就是我父亲也如此，十来岁时就送他到村里读私塾。

尽管俺祖母一直有病，是家里的拖累，但是曾祖父对父亲却很上心，也舍得花钱，即便俺祖母去世了，父亲的私塾也没有断。当然，曾祖父花钱供儿孙读书，也是有条件的，他得先看看这些儿孙们是不是读书那块料儿。三爷爷的儿子，只比父亲小一岁，长得五大三粗，就不被曾祖父所看好，跟他爹一样最终当了一辈子的睁眼瞎。

1947年的春节里，三爷爷对曾祖父说，过完年，开春儿就不要让振江到村里念书了，花钱不说，还没啥用，他都14啦，该帮着大人干点活了。三爷爷振振有词地念叨说："振江他爹倒是个读书人，全家人不吃不喝供他一个人上学，结果他长了本事，在外面花天酒地，还娶了个小的，不帮衬帮衬家里，还给祖宗丢脸，有他这个哥，还不如没有呢！"

曾祖父听了，脸上顿时红一块紫一块的，臊得竟不敢抬眼看自己的三儿子。

三爷爷的一席话，就此断绝了父亲的求学之路，也彻底埋葬了他要像爷爷一样饱读诗书、周游世界的梦想。他从此告别了心爱的课桌，背起犁耙，面朝黄土，成了冀东平原上一个日出而作、日落而息的小庄稼汉。内心的孤独，农活的繁重，无望的日子，让父亲变得更加郁郁寡欢、痛不欲生。

若干年后，嫁给父亲的母亲知道这件事后，愤懑不平地说："这个三剩子儿，太缺德了，他算是毁了振江一辈子，等俺公公回家喽，俺可得说道说道这事儿，俺跟这个混账叔儿没完！"

家里发生的这些巨大变故，爷爷不知道，也许他压根儿就顾不上去想。此时的他，一门心思完全放在了如何拜见自己从未谋面的岳父岳母大人上了。

三十四

船行四天之后到达汉口,奶奶带着一双儿女再转车到孝感,又花了三天的时间才见到阔别整整十年的父母亲。爷爷说,他在武汉另有事情需要处理一下,随后赶到,并没有同行。

从小就特别疼爱奶奶的舅舅,带着她的妹妹汤炳章,还有其他外甥侄子辈儿的一群人,到车站接的奶奶。大家一路走,一路聊,眨眼就到了汤家老屋的六福湾村。

走到家门口儿,那里早已挤满了人,连天井上上下下的都是人头。见奶奶出现了,大家才让出一条道。奶奶说,那都是来看她的,大家伙儿都想知道,十年不见的小女孩现在变成了什么样子。

奶奶带了两筐黄果子,也就是甜橙,有100多斤。起初每人送一个,送出去一筐以后,只够每人送半个,到最后,她赶快藏了两个,留给爸爸妈妈尝尝,因为孝感不产甜橙。

一见面,奶奶的妈妈一把把她抱在怀里,喊着"我儿,我儿",泣不成声。奶奶的爸爸高兴地抱起自己的外孙、外孙女,并埋怨老伴儿说:"孩子回来,你该高兴,怎么哭了?"她老人家含着泪说:"想死我了。"

当时,有很多女人都在掉泪,听到奶奶的母亲这句话,她们忍不住都哭成了一团。奶奶说,这些母亲都有去当兵的儿子,她们多么希望自己的儿子也能带着他们的妻儿回家看看啊!她们问奶奶有没有见到他们的儿子,奶奶说没有见到,并安慰他们说应该快回来了吧。

等人都散去,奶奶的父亲悄悄地问她:"他们真会回来吗?"奶奶说:"都胜利两三年了,不回来也应有信回来,连个信都没有,看来是不妙,凶多吉少。我不能跟她们说实话啊,那样太残忍了。"

行文至此,我已经把书中涉及的人物都一一做了清楚交代,尽管爷爷瞒着家人在外娶了奶奶,但是随着俺祖母的病逝,他们夫妻的结合也算名正言顺了,由此,我也需要改变一下称谓,对奶奶的爸爸,我该叫外曾祖父,奶奶的妈妈,应唤作外曾祖母了。

对于回家探亲的第一顿饭,奶奶在书中这样写道:"妈妈和姐姐做了很多我爱吃的菜。晚餐时,爸爸、妈妈、姐姐、妹妹、妹夫都来了,我们一家人吃了一餐不团圆的团圆饭,因为外子有事儿,还没回来。"虽然着笔不多,细细品味却信息量很大。

爷爷没有同行,再丰盛的饭菜,再多亲人的陪坐,在奶奶看来,那也是"一餐不团圆的团圆饭"。尽管爷爷不在场,

173

但他一直是全家心中最重要的一个存在，也是整个晚餐的核心人物，他的缺席显然吊足了全家人的胃口。奶奶一直没说爷爷在武汉要办什么事，但即便有事，难道还有比初次登门拜访岳父母更重要的吗？

这不能不让我怀疑，爷爷是有心而为，这是他提前想好而特意设置的一个悬念。

如果不是负伤，爷爷一定会器宇轩昂、精神抖擞地跟着奶奶荣归故里的。爷爷对之前的自我有着强烈的自信。但是一颗日本鬼子的跳弹，在最后时刻把他打成了残废，他的心态发生了逆转。

他知道，跟着奶奶一起回家，定会招来很多亲人和村民的围观，大庭广众、众目睽睽之下，自己那一瘸一拐的形象，肯定有碍观瞻，不仅会让旁人指指点点，更会让自己初次见面的岳父岳母大人心生看法，留下阴影。即便是奶奶可以无所谓，岳父岳母也能接受，他自己也无法面对，那敏感的自尊心和强烈的好胜劲，绝不允许他这么做。与其如此，不如找个借口先回避一下，让奶奶带着一对儿女打前站做铺垫，然后自己再伺机现身，则不失为一个退而求其次的好办法。

我一直觉得，这样揣测爷爷是不是会玷污了他那刚烈的性格和豪放的做派，为此心存忐忑，颇感不安，但是看了奶奶所言的以下细节，似乎又坦然了许多。

回家后的第一个晚上,外曾祖母要奶奶跟她睡。老人家在奶奶身上摸来摸去,不停地问:"我想你,说、你说不再离开我了,好吗?"奶奶不想骗她,咬着牙不松口:"妈,不可能。"老人闻听,泣不成声:"你为什么嫁这么远?"

外曾祖父自从见了我二叔与大姑,就喜欢得不得了,尤其对我二叔更加疼爱,每天背着他上街买棒棒糖,还有孝感名产麻糖和麦芽糖。他对奶奶一个劲地说:"这个小娃儿太聪明,你要好好地养他。"

没过几天,外曾祖父从街上带来了爷爷的信,说他明天就要到家了。两位老人家又高兴又紧张,问奶奶要不要请几桌客人来陪这第一次上门的女婿。奶奶说爷爷喜欢节俭,不要太麻烦了,要是有人来,泡一壶热茶就好了。

第二天,爷爷真的回来了,一见面,我二叔就高兴地跑过去,抱住了他的腿不放,我大姑也跟在后面,嚷着要爸爸抱。两位老人见了,也"非常满意,觉得这个女婿很有才学,很出众,女儿跟着他,不会受罪"。

这一幕,应该是爷爷最想要的情景。

三十五

爷爷在奶奶家住了一个月,这期间他跟奶奶形影不离。

外曾祖父这一辈子只生了三个女儿,始终没有个"儿娃儿"。年轻时他做生意,奔波于上海与武汉之间,见多识广,思想开明,不仅不让奶奶裹脚缠足,还让她和妹妹上学读书,甚至还同意奶奶报名参加了抗战儿童保育院,离开了孝感,父女一别就是整整十年。但是随着年龄的增大,又经历一连串的打击,外曾祖父心头没有"儿娃儿"的遗憾,开始变得强烈起来。

奶奶带着妹妹跟随武汉战时保育院的队伍刚走,武汉战役就全面打响,孝感很快沦陷,而外曾祖父为了躲避乡下土匪的惊扰,此前一直住在孝感县城里。他本就是做买卖的,脑袋灵活转得快,看到时局混乱,交通阻隔,再干长途贩卖倒腾的生意风险很大,于是就把手头的现钱全都买了房子。

据孝感的亲戚们讲,当年日本鬼子占领孝感时,被炮火毁坏、无人问津的破房子很多,外曾祖父见状,就花很低的价钱买下来,雇人稍做一番翻修,变作商铺和房屋对外出租,最多时孝感城南的半条街,都是外曾祖父的房产,这租赁生意与长途贩运相比不仅不差,反而挣得更多。谁知,这样的日子没过几年,在孝感的日本占领军为了负隅顽抗,扩建城墙,野蛮地扒了许多民房,外曾祖父的所有房屋全在其列,不仅血本无还,反而连自己安身的住处也没有了。

没办法,外曾祖父只好带着外曾祖母,两个人又回到了城外汤家老屋的祖宅里,勉强度日。他以为时过境迁,抗战前找他索要钱财的土匪们早作鸟兽散了,也不会再骚扰他一贫如洗的生活了。这一次,土匪们是没有直接上门找他算账,但却发现了他早先偷埋在院墙外粪坑里的一罐现大洋,刨出来就要拿走。那可是外曾祖父的命根子,也是他最后的希望,他舍出了老命想要抢回来,结果被土匪照背上就是一刀,鲜血直流,在床上躺了大半年才痊愈。

辛苦了大半辈子,到头来落了个两手空空,还差点把命搭进去,外曾祖父觉得都是自己命不好,连老天爷都在成心地让自己当"绝户"呢。此时的外曾祖父真可谓叫天天不应,叫地地不灵,万念俱灰的他开始抽大烟,几乎成了一个废人。

抗战胜利后,三女儿汤炳章从遵义保育院回到了孝感,很快就在当地说了一门亲事,外曾祖父没有什么嫁妆可送,就把家里尚存的三份祖田卖了一份,好歹把小女儿嫁了出去,剩下的两份地,他也无心收拾,全都荒着,眼看着这家就算彻底败了。

奶奶的回家探亲似乎改变了这一切。可爱活泼的外孙子、外孙女让外曾祖父早已枯死的心，开始萌发出些许的暖意，感受到了一种含饴弄孙的幸福。而爷爷的出现，更让他产生了一种久违了的亢奋，那种深入骨髓里的不甘寂寞、喜欢冒险的秉性，被再次激活了。在外曾祖父看来，眼前这个英俊硬朗的女婿正当年，的确有着出众的才学和远大的抱负，不仅女儿跟着他不会受罪，而且振兴家族的希望也得靠他。

一个月后，爷爷接到了军部由保定发来的公函，让他速去报到，两位老人和奶奶一起，千叮咛万嘱咐地送别了爷爷。两个月后，奶奶接到爷爷的来信，让她赶往北平时，两位老人最终的临别之举，让奶奶颇感意外，更终生难忘。

外曾祖母哭着说："这一走不知道哪年哪月才能再见到啊！"奶奶安慰她道："我以后最多一年回来两次，最少也要回来一次，你放心，我再也不会十年才回家了。"谁知这话说得太早也太自信了，她这一走不是一年、十年，而是整整60年，再回家时，两位老人早已经长眠于地下，至死都没有再相见。

外曾祖母见奶奶去意已决，便说："把女儿留下，我来帮着带吧？"母亲的疼爱与怜惜让奶奶大为感动，但她还是异常坚决地予以了拒绝："不行，你老人家已经60多岁了，再带个孩子，会把你累死的。"

一直不说话的外曾祖父，此时突然平静地说："你要走，把你姐姐的孩子也带一个出去。"口气中那种不容拒绝的味道，让奶奶大吃一惊。一定要跟着奶奶出去当兵的还有两位，一个是族弟，另一个是堂侄，且个个都态度坚定，任凭奶奶百般劝说，依旧不改初衷。

　　这是当兵去打仗，不是旅游逛风景，何况奶奶一个女人家，既要照顾一对年幼的儿女，还要带上三个半大不小的孩子，这兵荒马乱的千里之行，该是何等危险啊！

　　但是外曾祖父认定了爷爷是个有本事的人，自己的女儿随他而去理所应当，就连自己的外孙子跟着他，也一定能混出个前程来。族内的亲人们也都满怀希望，觉得能在爷爷手下当兵，自己的孩子定然可以得到关照，吃香喝辣。那一刻，所有的亲人都没有想到，那即将来临的大战是怎样地残酷与血腥，等待他们的除了血雨腥风、生离死别，还会有什么呢？

三十六

  1947年的春夏之交，爷爷离开孝感，火速赶往保定应征参战。这次旅程，从一开始就不太吉利。

  从湖北孝感出发前，爷爷给在贵阳、重庆、安顺的朋友写了几封信，告知自己的去向与行程。从邮局寄信出来，准备上车时，一摸口袋，坏了，全部旅费不翼而飞。这可如何是好？不得已，奶奶只好把自己口袋里留着零用的钱，统统塞给了爷爷。爷爷一路上省吃俭用，勉强到达北平时，已是分文不剩。军长请他吃饭，饭后他就坐上火车前往保定驻地直接报到去了。

  爷爷曾在给奶奶的信中，详细地讲述了这前前后后的过程。晚上七点到达保定后，军部警备营营长、老同事葛青俊前来为他接风，餐后一起上澡堂洗澡。

  葛青俊对爷爷说："老孙呐，你来了最好，我这个营长你来当好了，我不想干了，你来当最好。"爷爷说："你别胡说八道，我可不要当这个烂营长，老叫我当营长，就不会给我一个别的事儿做呀！"

  葛青俊神情严肃地说："你不做，没人做了。"爷爷这才发现气氛有些不对劲,便反问道:"你做得好好的,为什么说没人做呢?"

葛青俊叹了一口气,接着道:"我呀,不想活了,很快就会死的。"爷爷立刻打断:"又开始胡说八道了,你活得好好的,怎么会死呢?"

葛青俊的脸色更加阴沉:"唉,你不知道,我就是想死,一了百了。"爷爷见状,才明白葛的态度很反常,似乎与自己的到来没有什么直接关系,于是便笑着说:"你有什么事儿想不开的,说出来咱讨论讨论,总有解决的办法,为什么要死呢?你死了嫂夫人和孩子怎么办?"

葛青俊说:"我就是放不下他们,不然我早死了。我的问题谁也解决不了。"爷爷还想继续开导一番,谁知葛青俊突然问了一句:"哎,老孙,听说你的腿是自己打上去的,对吗?"

爷爷闻听,立刻怒目圆睁:"是谁说的?!你看,这是鬼子六五步枪打的,老子这还能有假吗?子弹头儿在里面到现在还没有拿出来呢!"葛青俊见爷爷急眼了,便轻描淡写地回答道:"没谁说,我就是问一问。"

爷爷到保定后出席的第一个接风洗尘活动,竟然是在如此尴尬的气氛中进行的,这大大出乎他的意料,尤其是葛青俊的话,深深地刺痛了他的自尊心。

如果说作为同僚的葛青俊觉得自己的到来,是对他现有营长职位的潜在威胁，见面的头天晚上，就迫不及待地要先行试探一下的话，这也太小肚鸡肠了，简直是毫无道理，爷爷压根儿就没有看上他那个位置。无论是抗战负伤的功劳，还是带兵打仗的本事，一个小小的营长怎么能满足了爷爷的鸿鹄之志呢？一个"烂"字，已然清楚地表明了爷爷对此的鄙视，以及他内心深处的期待值。

更让爷爷意想不到的是，葛青俊竟然说自己的腿伤，是自己打上去的，这更是对他人格的巨大侮辱。整个抗战，最艰苦的日子都熬过来了，最危险的战斗都挺过来了，却在国民党军主动发起的最后一役桂林收复战，即将取得最后的胜利之时，不去奋勇立功，反而自戕保命，这于情于理都说不过去，葛青俊的说法，真是荒谬之极。

两年养伤的隐忍图强，重返战场的豪情壮志，还没见到敌人是个什么样，倒先遭受自己同事的一盆劈头污水，爷爷的心立刻凉了一半儿，晦气极了。他把这些令人愤慨的情景都写信告诉了远在孝感的奶奶，并特别强调指出，这都是"葛青俊自己造的谣"。

作为国民党军的一名较低级军官，爷爷的认知只能局限在把自己遭受的侮辱，归结为是同僚的"造谣"，他看不透国共内战的大势此时已经发生了巨大变化，所有的一切都是形势所迫，不可逆转。从他决意要踏上战场的那一刻起，他的命运就已被裹挟在了历史滚滚向前的洪流之中，难以主宰，只能随波逐流。

那天洗澡之后，葛青俊告诉爷爷，于团长也在保定，现在是军部总务处的处长，听说你来了要来看你。于团长是爷爷的直接老上司，他的太太就是那个年轻漂亮却没修养的女人。

当年于团长带领爷爷他们上前线打鬼子走后，一群官太太们在后方的酉阳龙潭处留守，奶奶就曾看不惯于太太的狂妄自大、仗势欺人，而与其斗过嘴，解气地灭了一下对方的嚣张气焰。仅凭这一点就可看出，奶奶对于太太不感冒，那于团长对爷爷也一般，两人就是上下级，并非关系很铁的那一种。他说来看望爷爷，无非是出于曾有的情分，客套而已。

这天，于团长、葛营长和爷爷在一起相聚吃饭，葛青俊说："我明天送老军长到北平，回来带驴肉下酒，明天晚上还在这儿喝酒，别忘了。"第二天中午休息时，爷爷在听留声机，突然"啪"的一声，留声机断了，同时头皮开始痛。爷爷心里顿时涌起一股莫名的烦躁与不安，便到总务处找于处长，就见他正在接电话："啊——什么？军长负伤啦？啊，葛营长阵亡？"爷爷的头皮一下子就炸了。

于处长放下电话，扭头见爷爷来了，便道："完了，整天说想死，这下真的死了，留下老婆孩子可怎么办呀！唉，这个家伙真是一语成谶，都被他说中了。看来这警卫营营长，你不干都不行了。"

183

三十七

　　果然，新上任的军长把爷爷叫到了军部，直截了当地说："葛营长阵亡了，警卫营营长你来当。"爷爷一听，有些不情愿地说："我实在不愿意再当营长了，当这么久的营长了，怎么还叫我当营长啊？军长，能不能让我换个别的干干？"

　　军长见状，就安慰他道："我知道你不愿意，但是现在我一时找不到人啊。别人我也不放心，只有你是朋友，我才能放心，就算给我帮忙吧。有机会我再给你调。你知道我前天才来接任，就碰到这种事儿，一切都不熟，你就委屈一下吧。"显然新军长没有改变的意思，爷爷只好领命而去，重操营长旧业。

　　爷爷给奶奶去信说，葛营长阵亡了，他太太刚在北平生了个小女孩儿，才四天，真是可怜。他接手当了营长，这边就算是安顿了，奶奶可以带着孩子们前来，先到北平找葛太太住下，然后再等音信，伺机而动。

　　奶奶书中对爷爷初到保定所经历的这场惊心动魄的事件，描述得很简短，仅寥寥数语，应该是据实复述爷爷的信中所言。但是我看后的第一直觉是，国民党军的一个军长遭到伏击而身负重伤，绝不能算是一起小事件，国共双方的史料中对此理应有所记载。这场战斗是否真实存在？它又是如何发生的呢？

我首先查阅了1947年夏天前后，国共双方在保定城及其周边军事攻防的大致情况。此时，解放战争已经进入了第二年，解放军在华北战场挺过初期的战略退却之后，已经站稳了脚跟，开始集中兵力，正面迎敌。1947年春夏，华北野战军在地方部队的支援下，相继发起了正太、保北、青沧战役，并取得重大胜利，歼灭国民党军数万人，迫使保定绥靖公署辖区内的国民党军队由重点进攻转为全面防御，双方进入了战略相持阶段。

但是，这种相持态势并不均衡。随着1947年6月25日徐水县城及漕河、固城、北河店车站等战略要地的丢失，保定、石家庄等地的国民党守军已经彻底陷于孤立之中，除了京汉铁路线还能与北平保持联系外，其他的全被阻断，局势堪危。而广大的农村地区则完全控制在共产党之手，一场中国历史上规模最为宏大的土改运动，随即在冀中平原上拉开序幕。这场土改，不仅确保了共产党农村基层政权的稳固，而且为即将打响的战略反攻提供了必要的人力、物力和财力的保障。

按照时间的推算，爷爷正是当年5月间双方战事最为吃紧之时到达的保定，而保定国民党守军就是以爷爷抗战期间所在的87军旧部为主。

1944年8月，87军中将军长高卓东调往国民党军事委员会军政部任职之后，素有"抗日战神"美誉的罗广文将军继任军长。抗战胜利前夕，87军番号撤销，改编为94军，不久即被国民政府直接调往华北驻防，参与"剿共"。但罗广文却没随军前来，而是改任新编第14军军长兼重庆警备司令，后升任第四兵团司令、第15兵团司令兼108军军长等官职。

1949年12月25日，罗广文率领国民党军第15兵团所属的22000余名官兵，通电全国，宣布起义。刘伯承、邓小平、贺龙对罗广文率部起义表示了热烈欢迎，并复电嘉勉。新中国成立后，罗广文出任全国政协委员、山东省林业厅厅长，1956年病逝，终年51岁。一代名将过早走完了他短暂却壮烈的一生。

查阅相关资料得知，不仅罗广文将军自己是一位抗战英雄、起义将领，他的胞弟罗广斌还是新中国历史上赫赫有名的大作家，他与杨益言合著的长篇小说《红岩》被收入"新中国70年70部长篇小说典藏"，影响了几代人，至今仍畅销不衰。罗家两个儿子，文韬武略，堪称双骄。

爷爷有幸跟着这样的民族英雄冲锋陷阵，抗击日寇，也算是人生的莫大荣耀。

94军调防华北后，归属第11战区司令孙连仲统辖，不久改编为华北"剿总"新二军，高卓东则由南京被派往保定，担任这支以自己当年旧部组成的国民党军主力部队的军长。毫无疑问，爷爷此时就是冲着高卓东军长跋涉千里而来的。

罗广文尽管统率千军，能征善战，但他只在87军做了一年多的军长，对于爷爷这样的营级官员，未必知晓。但是高卓东则不一样，他对爷爷有着知遇之恩。当年，87军兵败湘西后，就是他向陆军步兵学校教务长刘震清中将求援，希望能推荐个优秀的教官，操练新兵，重振军威。刘震清于是选派了自己的得意学生、时任团副教官的爷爷前往赴命。这一举措，直接决定了爷爷的命运。他不仅在途中偶遇奶奶，一见钟情，抱得了美人归，而且得到了高卓东的极力赏识，被慰留重用，任命为营长直接带兵打仗，驰骋疆场。可以肯定地说，如若不是高卓东中途另有他任，爷爷军中的前途一定不可限量，即便是作战负伤，那待遇也会大不一样的。

爷爷一到北平，军长就亲自请他吃饭，为他接风洗尘，显见双方关系非同一般，而这个军长不是别人，就是中将上峰高卓东。难怪，葛青俊会吃醋试探说，要把警卫营长的位置留给爷爷，爷爷嗤之以鼻，大为不屑，他心中等待的是老军长的重用提携、自己的梅开二度。

然而，命运再次跟爷爷开了一个巨大的玩笑。葛青俊护卫北上的军长正是高卓东，一场伏击战，不仅他自己命丧黄泉，连带着军长高卓东也身负重伤，爷爷满心的期待瞬间落空。

据《八路军冀中回民支队余脉追踪》一文记载，1947年5月中旬，冀中回民支队奉命在徐水县北白塔铺附近设伏，袭击经此北上的国民党小股部队。此役"共击毁国民党装甲车6辆，击毙国民党新二军副军长张辑戎，打伤军长高卓东，歼敌80多人"。此与奶奶书中引述爷爷来信的说法大致吻合，只是副军长张辑戎也被击毙，当属该文的错误。因为有资料显示，国民党新二军副军长张辑戎随后参加了北平和平起义，还被任命为解放军第42军副军长，何况爷爷也没提到副军长阵亡一事。但不管怎样，高卓东军长遭袭受伤则真实不虚。

从此，国民党军高级将领高卓东黯然退出了爷爷的人生舞台，也消失在了奶奶的传记文字之中。这位爷爷的军中伯乐、知遇长官带走的不仅仅是爷爷东山再起的希望，还有他和奶奶在抗战期间所有的幸运与荣光。

三十八

　　1947年8月前后，奶奶抱着刚满周岁的大姑，牵着只有三岁大的二叔，带着自己的亲侄儿和两个族亲后生，告别爹娘，离开孝感，又一次踏上了北上寻夫的迢迢征途。

　　按照爷爷信中给出的路线，奶奶一行先乘车到武汉，在汉口登船，沿长江顺水东去，到达上海后，再换船北上。船过青岛海面时遇到台风，掀起四五米高的浪，无法前行，只得停靠青岛码头躲风避雨。一天一夜后，再次上船前往天津。到天津上岸，又改坐火车赶往北平，并最终找到了葛青俊太太的居所。

　　兵荒马乱中，这趟寻夫之路，在奶奶笔下依旧是云淡风轻，匆匆带过。横跨大陆中、东、北部的十个省份，长达近万里的舟车劳顿，前后整整十天的日夜兼程，最终有惊无险、平安无事，奶奶要的只是这样的结果，至于个中的千般艰辛、万种磨难，在曾经沧海的年轻的奶奶面前，还能算个事儿，值得矫情地去大书特书吗？

　　葛太太见着老朋友，哭得肝肠寸断。奶奶一边落下同情的泪水，一边安慰她道："人死不能复生，节哀顺变。"

在北平的葛太太家安顿下来之后，奶奶就让族弟和堂侄当兵去了。此时天气已经由凉变冷，葛太太找来好几面大国旗，叫奶奶给孩子们做棉衣。她说："你从南方来，不知北方的冬天有多冷呢。"奶奶于是买了一些棉花，给两个孩子，还有姐姐的儿子，都做了一身棉衣棉裤，以备过冬。

20多天过去了，身在保定的爷爷却迟迟不说何时可以动身前往，这让奶奶担心不已，寝食难安。从小就极有主见的奶奶当即决定前往，因为再苦等下去定然凶多吉少。她多方打听，得知北平到保定的火车能通到定县，剩下还有一天的路程则可以雇人力车，于是拉扯着三个孩子，坐上火车当晚就到了定县。第二天一早找了两部人力车，又走了一天半，第三天上午才到达保定。

为了路上的安全起见，奶奶离开北平前把爷爷的所有资料、证件、书信以及全家人的照片，全都留在了葛太太处，只带着简单的行李。而她跟葛太太这一别后再未相见，那些珍贵的资料与照片也跟着石沉大海，无处寻觅，令奶奶遗憾终生。

进城入关检查时，奶奶说："我是孙彦波的家眷。"守护城门的士兵立刻说："啊哦，是营长太太来了，赶快打电话报告营长。"十分钟后，爷爷闻讯赶到，第一句话又是："你怎么来的呀？"奶奶告诉他："我长翅膀飞来的。"

1947年12月初，一家四口分离近半年之后再次团聚，只是这次团聚，不是在相对安宁的国统区，而是在被团团围困、已成孤城的保定府，迎接他们的将是烽火连天里的刺刀见红、枪林弹雨中的命悬一线。

当然，也多亏了奶奶的当机立断，抓住了稍纵即逝的一点机会，否则一家人短期内别想再见，后事难料。据《解放保定大事记》一书记载，1948年1月25日，我军对平汉路等进行破击战，于保北歼敌7000余人，彻底断绝了保定与北平的铁路联系，使驻保国民党军更加陷于孤立无援之困境。如若于此时动身，奶奶即便是长上翅膀，也飞不到爷爷身边了。

由于没有想到奶奶会去，爷爷一时难以找到全家人住的房子，所以奶奶一行到达保定的第一晚是在旅舍度过的。第二天，爷爷才找到一间房子，却简陋得连个厨房都没有。

奶奶对此毫无怨言，她在书中写道："找三块儿砖垒起来就是灶，有了灶就有火，有火就能烧饭，有饭吃就不会挨饿。保定本是河北省会，应是繁华地区，可是因为年年战乱、民不聊生，多数人家都是家无隔日之粮。更有甚者是军方奉上级命令，把很多老百姓的房子拆了，多少人民无家可归。当政者的无知，让老百姓受苦，也因此人心丧尽……"

危难时节，奶奶依旧保持着豁达乐观的本色，这固然令人钦佩，但她所表达出来的愤懑却一针见血，更振聋发聩。她提到的军方"拆房子"，不仅确有其事，而且搞得动静极大，影响非常恶劣。

同样据《解放保定大事记》所载，从1947年10月上旬开始，保定绥靖公署发布命令，要求全城派夫派钱，修筑城防。为此，当局拆毁工事旁的民房多达300余间，连南关公园的建筑也惨遭破坏，树木被砍伐殆尽，造成上千市民流离失所，怨声载道。保定商民联名上告到北平行营和南京国防部，国民党政府派来的军事观察调查团，却根本不理会坊间民意和百姓疾苦，在池峰城公馆赴宴两次即溜之大吉，此事最终不了了之。

难怪连奶奶这样的国民党军眷属都出离愤怒，忍不住要喊出：民不聊生，人心丧尽。

三十九

当身在保定城内的爷爷奶奶陷于惶惶不可终日的困境之时,距离他们只有三百公里远的景县南吴庄村的老孙家,的确迎来了一场声势浩大的土改运动。

查阅《景县县志》可知,1945年8月15日,日本侵略军宣布战败,无条件投降后,景县县城即获收复,并于11月成立了景县人民政府。也就是说,抗战胜利后,国民党政府没有在景县行使过半天的行政管辖权,景县属于最早的解放区之一。到1948年夏,景县全境已经基本完成了土改,庄户人家都有了一个新的政治身份。

老孙家由于无能的三爷爷当家,肆意挥霍,家境快速败落,最终沦落到只靠几亩薄地为计,因而被村里土改小组评定为"下中农"。可以肯定地说,村里之前一定不知道爷爷在外的一切情况。

爷爷常年在外,是当兵还是做买卖,是共产党还是国民党,家里老少真的不知道,谁也说不清。至于他在抗战爆发时曾在济南干过铁路警察,那属于国共两党合作、共同抗日的老事儿了,这兵荒马乱的十多年过去了,至今是死是活,村里农会更是无从知晓。

俺曾祖父生怕爷爷在外讨小一事传出去，遭亲家怨恨，受村人笑话，让自己丢人现眼，故而决意隐瞒，秘不外宣，竟然意外地在这个政治时刻保护了一家老小。他的一个小聪明，就这样在历史的狂风暴雨中，对整个家族的命运产生了难以估量的影响。

1952年11月，靠着自己三年私塾的底子和与生俱来的聪慧，年仅19岁的父亲，抓住一个从天而降的机会，考上了山西阳泉铁路地区的招工，从此鲤鱼跳龙门，成了一名吃公家饭的城里人。当时招工单位曾进行过严格的政审外调，村里给出的结论是："其父下落不明，政治成分不清。"从此，这"政治不清"四个字跟随了父亲30多年，直到改革开放之后才不再提及。它虽有疑点，但却不属于"地富反坏右"中的任何一种，因而没有影响父亲的招工进城以及后来的入党提干，这实乃万幸，也算是上苍对爷爷决绝残忍却又周全思虑的一种补偿吧？尽管这补偿，浸透了家里亲人们道不尽的血和泪。

当然，三爷爷游手好闲、不干正事，致使老孙家十几年积攒下的那点家业，被他在一两年内就糟蹋殆尽，令人耻笑，沦为村里人训诫年轻人的反面典型，但也意外地在土改中，被评了个下中农，成了"贫下中农"阶层中的重要组成部分，被村里执掌权力的农会确定为可以依靠的人民一分子，可谓因祸得福，逃过一劫。

1947年的夏天，三爷爷提出给年刚14岁的父亲寻个媳妇，曾祖父自然没什么可反对的，于是便开始托媒人四处打探起来。对于这件事的起因，我母亲后来一直认为是三爷爷惦记着曾祖父的那三间北房，为了达到独占家产的目的，想早早地让父亲出去独立门户，自谋生计。

但我以为，也许他还有另外一种可能的算计，那就是三爷爷见家里老的老小的小，孤儿寡母占了一大半，严重缺乏壮劳力，日子难以为继，所以他便动起了通过婚姻，找个壮劳力媳妇来干活的小心思。

在当地农村的传统婚姻习俗中，"女大三抱金砖"的讲究非常流行，虽说娶个大媳妇，要花去一笔不菲的彩礼，但这不是赶上了新社会了吗？伴随着解放区土改运动的基本结束，一种新的思想也同时进入了传统封建的农户人家，那就是提倡男女平等、移风易俗。此时结婚，女方还敢明目张胆地狮子大开口吗？

三爷爷虽大字不识一个，正事干不了，但脑袋瓜子不笨，动起歪心眼子来绰绰有余，凭他那嗅觉灵敏的小聪明，不会看不到眼前正在发生的变化，也不会放过这一石多鸟的时机。

不管出于什么目的，反正距离南吴庄四里地远的邻村我母亲，就被三爷爷一眼相中了。那年母亲18岁，比父亲整整大了四岁，正是身强力壮、最能干活的好年龄。

195

四十

母亲姓郝，叫郝俊卿，生于1929年的农历正月十三，今年已是93岁高龄。

听母亲讲，老郝家在景县北江江村也是个小姓人家，但在我姥爷郝立同这一辈儿，却生有三个儿子和一个女儿，母亲在家排行老三。姥爷还有个亲哥哥，更是生有五个儿子一个女儿，老郝家的这两个儿子，在村里算得上是有儿有女、人丁兴旺，很是让人羡慕。后来，母亲的大伯带领全家闯关东，移居到了辽宁郑家屯，从此振兴家族的担子便落在了我姥爷以及三个舅舅郝振江、郝福胜和郝福征身上。

姥爷是个勤快而要强的普通庄稼人。抗战爆发后，村里一个农户穷困潦倒，要将自家祖上的几亩薄地出售，姥爷动了心思，为了给自己的三个儿子多留点家业，便毫不犹豫地买了下来。

三个儿子，个个五大三粗的，别看他们都没什么文化，但却个个是摆弄庄稼的好把式，一家人风里来雨里去，把心思全花在了地里，没几年工夫就把那几亩薄田变成了北江江村里的上好之地，日子也开始过得滋润起来。

听母亲说,自己小时候,一到麦收,刚从地里割下的新麦子,用石碾子一磨,磨出来的面像雪一样白,蒸出来的大馒头暄腾腾的,冒着热气,好吃极了,她一口气能吃两个。

谁知抗战胜利前,那家农户不知从哪里搞到了钱,提出要赎回土地,理由是老祖宗传下来的家业,不能在他手上丢了。这理由倒也说得过去,但他要退还姥爷的钱数却和当年买地时一样。

姥爷一听,立刻就跳了脚:"那时的钱算钱,现在的钱哪里还算钱啊,就是一堆发了毛的废纸啊!"死活不答应。后来,经保人中间撮合,最终对方又在原有钱数的基础上多加了一些,就把地赎回去了。

此事本来就让姥爷恨得要死,觉得一家人舍不得吃舍不得穿,一门心思扑在地里,这几年的风来雨去算是白费了辛苦。更令他难以接受的是,那要回来的一沓子纸币,没过多久就随着飞涨的物价,翻着跟头地贬值,到最后竟只够买一袋米。生性腼腆、极爱面子的姥爷受不了村民们的讥笑,更觉愧对一家老小的付出,在钱财与精神的双重打击之下,一时想不开,就在自家屋里找根绳子上了吊,结束了自己憋屈的一生。母亲说,姥爷上吊那年,她17岁,由此推算此事发生在1946年,正是景县土改开始之前。

三个舅舅见自己的父亲为此命丧黄泉,真是悲从心起,欲哭无泪。谁知没过多久,那户人家却自己又主动提出把地再卖给老郝家，说是看见郝立同为此想不开上了吊，自家是天天做噩梦，实在是于心不忍，还是把它还给真正的主人吧，至于钱嘛，悉数退还就行了。

对方说得非常诚恳，也不算为难郝家，三个舅舅立刻觉得这是做儿子的替父争气、雪耻的好机会，想也没想便答应了，甚至还主动多给了对方一堆花花绿绿的毛票子。如此算来，这来来回回折腾一圈，虽让自己的老爹丢了条性命，可地却没丢一分一厘，完璧归赵，三个舅舅为此备感欣慰，长长地吐出去一口窝囊气。

可令舅舅们断然想不到的是，这天上掉下来的不是馅饼，而是索命的陷阱。很快，土地改革运动便席卷了整个冀东平原，北江江村也开始了大规模的土改，三个舅舅刚刚赎回来的地，被村里农会没收了，而且家里还被评了个"富农"成分。

母亲家的遭遇，正好与父亲家的境遇形成强烈反差，命运截然不同，令人感慨唏嘘，真不知是命运捉弄人，还是人命该如此。

跟俺祖母一样，母亲一辈子没上过学，还裹过小脚，从小就不爱言语。但她却极有主见，心胸豁达，天塌下来照样该吃吃该睡睡，照母亲自己说，那就是："想那么多有吗用？是自个儿的跑不掉，不是自个儿的抱着掉。"

之前她从来没有谈及过此事，我们做儿子的也绝少问及,只是近些年来,母亲年事已高,开始有意无意地唠叨起一些陈芝麻烂谷子的过往琐事。为了陪她老人家唠嗑儿,我曾问起过外祖父的身世,由此触动了她那尘封多年的记忆,话匣子一打开便收不住。

第一次听到母亲家族的这些离奇往事,我就被彻底震惊了。

我问母亲:"像咱家这种情况,在北江江村多吗?"母亲翕动着皱巴巴的嘴唇,不假思索地回答说:"有吗呀有?土改时村里连个地主都找不出来,都是穷庄稼人,最多也就是个富农成分。"

"那,被定了个富农成分,对全家影响大吗?"我小心翼翼地追问。

母亲依旧爽朗地说:"那会有吗影响?咱又不欺负人,不干那丧良心的事儿,一个庄稼人,能从地里刨食吃口饭就行了。那会儿间,你妈还是村里的妇女干部,把全村妇女们组织起来做军鞋,别人两天纳一双,我一个晚上就纳一双,就为这,还代表村里到区上开过光荣会哩,村里人都一个劲儿地说道呢!"

"都说什么了?"

"能说吗?还不是一个劲儿地夸你妈能干!一袋棒子面两个媳妇家抬着都吃力,我一个人扛起来就走!唉,那个时候哪知道累呀?当年你二舅就是穿着我给纳的鞋去参加的解

199

放军担架队，还立功了呢。"母亲说着，一脸的自豪。

"那个卖咱地的人家是村里的干部吗？"

"吗干部呀？就是个庄稼人，没啥出息，可让人瞧不起了。你姥爷这事吧，说来说去，还是怪你舅他们不长脑子，没多少文化，还一个个犟得像头驴，不听你劝呐。你说，要那地干吗？贪那便宜干吗？还不是尽给自己惹祸？自家够种就行了，多了又能咋？难道你比别人多长了一张嘴，要吃两份？"母亲说得很平静，絮絮叨叨中带着朴实的道理。

也许三爷爷看中的就是母亲这种啥事不往心里去的豁达劲儿，能吃苦，不惜力，肯干活儿，还不爱多说，去搬弄是非嚼舌头，娶到这样的侄媳妇不正是自己最想要的吗？

四十一

母亲说,前来说媒的是南吴庄嫁到北江江村的一个媳妇家,双方大人对此没啥意见,这婚事就算定了。

过门前,母亲只知道父亲念过几年书,能识文断字,这让母亲很是宽心,她这一辈子就吃了没文化的亏。当年村里开办扫盲识字班,教妇女们放小脚学文化,母亲听了回家就把一双裹脚布扔了,只是这学呢,上了几天就再也不想去了。那些个汉字,简直让她头大死了,怎么都记不住,但是,她喜欢有文化的。在她看来,能写会画的,都是有本事的人,否则怎么会看得了那些天书呢?直到今天,母亲都认为自己最幸运的是嫁对了人。

然而,1947年农历七月间的某一天,被娶过门的母亲掀开盖头那一刻,才蓦然发现,自己的丈夫竟然还是个半大的毛孩子,一脸的懵懵懂懂。

对于这桩媒妁之言、父母之命的婚事,父亲生前一直讳莫如深,从不愿提及。我问得多了,他就显出不耐烦的样子道:"那有吗说的?都是你曾祖父和三爷爷决定的事,我一个小孩子家懂吗?"以此搪塞过去。从中不难看出,作为这门亲事的男主角，父亲自始至终都完全处于被动，甚至是浑然不知的状态。

但是，母亲和父亲结婚后的第 40 天上，家里发生的一件大事却在两个人心中留下了巨大的阴影，令他们一辈子都刻骨铭心，难以忘记。

那是夏日的一个傍晚，太阳快落下时，院子外面突然来了一群人，不由分说就把家抄了，所有财物被洗劫一空。快 70 岁的曾祖父和曾祖母、拿事管家的三爷爷一家，还有守寡多年的大奶奶及两个年幼的堂姑，连同刚刚成亲的父母亲，统统被扫地出屋，赶到当院里露天反省。这突如其来的横祸，让一家老小哭天抢地，哀号不绝。

慌乱中，母亲突然发现父亲不知啥时不见了，全家人面面相觑，更加惊恐万状，顾不上哀号，满世界疯找了个遍，却始终没个踪影。

第二天晌午，正当全家身心俱焚之时，院外突然又涌来一群人，"叽里咣当"把昨天抄走的家什往当院一扔，粗声粗气地说："抄错人家了，拿走的都在这儿，点点。"

这大悲过后的惊喜，让失魂落魄的一家老小稍稍松了一口气，暂时忘了父亲的事儿，赶紧着起身拾掇归置。只有颠着一双小脚的曾祖母，自言自语地絮叨着："一个十三四的小孩子儿家，能去哪儿？振江这孩子打起小儿就心思重，心眼比针尖儿还小哩，不会出个吗事儿吧——"一旁的母亲听罢，眼前一黑，差点一头栽在了地上。

父亲告诉我，那天晚上，他跑到了俺祖母的坟头上，一个人就那么静静地待了一宿，第一次不知道什么是害怕。父亲本就不爱说笑，从那以后更难见个笑脸子，让人感到他成天价在想啥心事似的。父亲的这个模样，深深地扎根在了刚过门的母亲心里，成了对自己丈夫一生中最刻骨的印象。晚年，父亲不幸患上了严重的抑郁症，常常神志不清，母亲说就是当年抄家那件事给落下的病根。

对于这场飞来横祸，父母亲一直搞不清楚原因何在。村子不大，又都是些抬头不见低头见的乡里乡亲，赶上抄家这么大的事，一个人一时兴起而摸错了门，还有情可原，一群人也不问个青红皂白就跟着翻箱倒柜的，这就荒唐了，显然不合常理。对于"抄错人家"的理由，父母亲未必相信，只是他们一直弄不明白其中的真正原委。

今天看来，这事情十有八九与爷爷在保定驻军有关。记得父亲生前一再提及过一件事，说村里曾有人在保定府撞见过爷爷，爷爷只说自己是贩大枣的，其他的没再说什么。我猜想，可能就是因为此事让村里农会的人听到了风声，于是便产生了通过抄家一探虚实的想法。好在没有抄出什么有价值的钱财与线索，此事最终不了了之，成了一起无头案。

但父亲却一直把这件事埋藏于心几十年。1989年他第一次前去台湾探亲时，曾对我说过，一定要当面问问爷爷是否真有这回事儿。在他看来，爷爷明明是在贵阳的，怎么跑到了保定？保定离老家那么近，一抬脚当天就能打个来回，怎就不知道回家看看呢！结果到了台湾，父子50多年不见，该说的话太多，父亲竟然忘了问，从此也再没提及。

村里有人撞见爷爷应该真实发生过，否则编瞎话、诬陷人怎么会巧到爷爷真的就在保定府呢？

我想象的情景是，某一天，村人在保定大街上意外地见到一个似曾熟悉的面孔，这令他想起了老孙家那个常年在外的二小子孙彦波，于是忍不住上前截住问询。

爷爷那天正好穿着便装，被这突如其来的一幕着实惊了一跳，但他很快镇定下来。他对眼前的这个村里人，似乎有印象，但不是很深。兵荒马乱的年头，保定城内充斥着各色人等，鱼龙混杂，谁知道此人是啥来头呢？为了自身的安全着想，更为了家里人免遭不测，他回答自己不是对方说的那个人，他只是个贩大枣做买卖的，说完转身就走了。爷爷是断然不会承认自己就是孙彦波的，否则他乡遇故人，岂有不寒暄客套，并打问家里人情况的？

村里人显然也被这一幕搞糊涂了。爷爷十多年没回过家，且腿有伤残，变化自然不小，再加之爷爷处变不惊、应对无误，最终让村里人对自己也产生了怀疑。"也许是认错人了，但那人太像孙彦波了。"这样似是而非的说法，反倒让村里的农会也不敢认定真有其事了，只好找了个"抄错家了"的理由搪塞过去，老孙家也因此再次躲过一劫。

当保定府偶遇的一幕，在想象中徐徐浮现时，我不由得佩服起爷爷的沉着睿智与随机应变。这是爷爷留给大陆亲人们最后一个可供想象的线索，此后再无任何消息，直到1988年，有台湾老兵回乡探亲，捎来了他寻找自己大儿子孙振江的信笺。

四十二

奶奶说,1948年的冬天来得特别早。天气太冷,衣服单薄,二叔因此患了感冒。

二叔刚开始咳嗽时,奶奶就让爷爷给找医生。爷爷不耐烦地说,伤风咳嗽不是病,看什么医生?一直拖到儿子高烧不退、痰中带血。奶奶见二叔病情越来越重,心急如焚,提出要送医院。爷爷依旧不理不睬,还骂奶奶说,他没有钱,谁有钱叫奶奶就跟谁去。

奶奶闻言,立刻怒不可遏:"你侮辱我!儿子是我们两人的事,清清白白的。在龙潭,我那么无助,都把他从死神的手里抢回来了,现在他在爸爸的身边,若有不测,你想我还能活吗?你这样待我,我活着还有意义吗?"爷爷一见奶奶真的动了怒,自己便软了起来,他转身推门而去。

一个小时后,警备营部的一个副官赶来,开车送奶奶他们到了保定省立医院。医生说二叔是肺炎,需要四个小时打一次针,吃一次药,日夜不停。

奶奶在书中描写了一个很有意思的场景。

奶奶给二叔熬稀饭吃,结果二叔却说要吃鸡胗,奶奶愣了一下,问道:"你怎么想起要吃鸡胗了?"二叔就说是传令兵王铁针告诉的。

奶奶把脸一虎,呵斥道:"我没有钱,不要吃什么鸡胗了!"一旁的王铁针说:"太太是没有钱,这大家都知道,但是我会去找副官要钱。"奶奶一惊:"不可以,那怎么可以呢?绝对不可以!"

王铁针坚持道:"太太,你不要管,那是营长的特支费。人家都拿回家,只有我们营长这么廉洁,还固执,他的特支费,还有上面规定的七个空缺,也不拿回家,都留在营里照顾了士兵。小少爷有病了,怎能不花钱呢?就怕孩子不吃东西,他想吃,你还不高兴啊?我这就到副官那里拿营长的特支费,买东西给少爷吃。"

不一会儿,王铁针就买了鸡胗、鸡肝儿、烧鸡等一大堆东西回来,我大姑见了,也嚷着要吃。王铁针心疼地说:"太太,你让孩子吃吧,你也吃点,你的身体也很弱,吃点儿补补身子。我天天都吃,一个人吃饱全家不饿,有钱就吃,常常吃,不吃还留着干啥?来,你也来吃吧。"

二叔住了八天医院,他痊愈后,奶奶却支持不住了,全身酸痛无力,紧跟着也病倒了。不久,部队就到了北平。此时爷爷才告诉奶奶说:"你知道吗?我们逃过了一劫。在保定,我的心里一直很恐惧,军长李士林的两个弟弟都是匪谍,我弄不清楚他们是做我的工作,还是做他哥哥的工作,还是他哥哥派他们做我的工作,做工作就是调查,那时我的心情乱七八糟。所以你和孩子病了,我实在没有时间管,有时候说话不择言,你不要怪我,对不起,现在好了,一切都过去了。"

其实,比这个冬天来得更早也更寒冷的,是全面开始的保定攻防战。1948年11月5日,辽沈战役刚结束的第三天,中央军委就开始部署与实施解放保定的作战,平津战役由此进入关键时刻。

据《中国人民解放军简史》《保定文史资料》等记载,当年参与解放保定的部队来自华北军区第7纵队的19旅、20旅、21旅和第8纵队的23旅,以及冀中9、10分区的独立营、回民支队、容城独立营等。而保定城内,城防总司令兼第101军272师少将师长的刘化南,则拥兵24000余人,与解放军对垒相抗衡,爷爷所在的警卫营即为司令部直属的精锐部队。国共双方兵员势均力敌,旗鼓相当,但士气不同。

11月13日夜间,保定战斗正式打响,仅一个昼夜鏖战,解放军就以摧枯拉朽之势,突破了保定的第一道防线,毙伤国民党守军1000余人。后几经攻防拉锯战后,刘化南只得放弃城关等重要据点,率部龟缩内城,负隅抵抗。

有关这场战事的惨烈进程,奶奶的书中没有着墨一字,但是我却从二叔不幸染病,连吃个鸡肫都成了非分之想,看到了奶奶一家人在炮火中的饥寒交迫与朝不保夕。我也从爷爷言语乖张，连自己儿子的死活都可以不管不顾，看到了一个铁血无畏的军人，其内心深处的沮丧、暴躁以及强烈的挫败感。我更从传令兵王铁针那"一个人吃饱全家不饿，有钱不吃还留着干啥"的言语中，看到了国民党军低落消沉的士气和及时行乐的迷思。

战役刚一开打，结局已然知晓。

至于爷爷口中所说的"军长李士林"，就是他抗战期间的顶头上司，那个亲自上阵，曾带着爷爷他们从日寇手中拿下桂林的"铁血师长"。

我能明显地感觉得到，对于这样一位功勋卓著、赫赫有名的战神级老领导，爷爷虽跟随了多年，但对其却一直充满着一种未知臧否的复杂看法。以至于奶奶也受爷爷影响，在书中始终不肯写出李士林的名字。所涉人物中，上至军长的高卓东，下到帮闲的陈德全，多有名有姓，唯独提到李士林，则常常用"师长""新军长"指代，就连有救过二叔一命大恩的李士林夫人，也只是以"师长太太"来称谓，字里行间浸透着她和爷爷一样的矛盾心态。

至于书中此处第一次也是唯一一次点出了"李士林"名字，最大的可能性是，奶奶在引用爷爷的原话时，忘了隐去。而之所以不愿提及，我想这与爷爷奶奶不认同李士林在战争后期的所作所为，有着直接而重要的关系。

四十三

事已至此，围绕着爷爷而展开的相关情况似乎已经明了。新二军军长高卓东遭袭负伤后，李士林晋升新军长并兼保定警备司令，就是他直接任命了爷爷接替阵亡的葛青俊，担任自己的警备营营长的。

对此爷爷虽觉得有点委屈，心中不快，但也不至于怨恨，因为警备营长的地位，一般而言是要高于营级同僚的，它肩负着保卫军事长官和首脑机关安全的重任，绝对属于最具战力、最受信赖的嫡系精锐部队。何况爷爷在贵州养伤，脱离战场近两年，回来后以一个身残之人，还能官复原职，也算是一种说得过去的安排。

1948年9月，华北"剿匪"总司令傅作义按照南京军事委员会的部署，将新二军改编为第101军，李士林任军长并晋升为陆军中将，同时军部及主力部队迁往北平行营。保定只留下101军的272师驻守，师长刘化南兼任城防总司令，爷爷所在的警卫营没能一同迁往北平，而是整建制被留下来，成为保定城防司令部的警卫营。

华北野战军正是看到了国民党军抽兵北上，协防北平，造成保定守城力量的削弱，而不失时机地发起了解放保定的战役。1949年1月，傅作义将军做出了北平和平起义的重大抉择，李士林作为其下属中握有兵权的最重要将官之一，旗帜鲜明地予以支持，并在其中发挥了极其关键的带头作用。正因为如此，他随后在旧部改编中，被任命为第四野战军第13兵团的副司令员，成为为数不多的由国民党军将官直接转任解放军高级将领的起义人士。

从爷爷说到李士林军长的两个弟弟都是"匪谍"，前来做他工作一事，不难看出共产党地下工作者为保定解放所开展统战工作的力度之大、渗透之深、涉及之广。当然，连"剿总"司令傅作义将军的女儿都可以是潜伏的中共党员，那军长李士林的弟弟也是打入"国军"内部的"匪谍"，则更不足为怪了。他们的努力与付出，为这些历史人物在关键时刻，深明大义，振臂一呼，挽救数十万官兵的生命于战火之下，提前铺垫下了重要的思想根基。

如此，最终九死一生，得以亡命台湾的爷爷奶奶，再提起自己的老师长、新军长，必然会联想到他最后关头的举动，怎能不爱恨交加、心情复杂呢？不提，涉及其中许多的重要事件，提了，又难以抚平自己的内心伤痛，于是只好用官职来代替具体的人。可是，奶奶一不小心还是写出了真姓大名，可见李士林在他们心中有多敏感，有多重要。

对于像李士林这样的高层人士，命运的抉择权也许可以掌握在自己的手中，但对于像爷爷奶奶这些小人物来说，则更多的是靠上苍的一份眷顾。在保定城岌岌可危之时，已经走到门口的死神，竟然阴差阳错地再次与他们擦肩而过。

1948年11月16日，正当数万解放大军向保定国民党守军发起最后的致命一击之时，傅作义收到保定守军的接连求救，他急忙出动7个师的主力部队南下增援，并携汽车百余辆，做交通接应。鉴于调动北平主力部队南下、确保东北野战军快速入关的目的已达到，华北军区前指遵照中央军委的指示，立即命令各攻城部队于当日撤出战斗，放敌援军进城，围而不打，静观其变。

1985年5月，保定市政协文史资料委员会曾在其编写的《保定文史资料选辑》第二辑中，收录了时任国民党军保定城防司令兼272师师长的刘化南撰写的《回忆解放战争时期国民党军在保定的军事行动》一文。在文中，刘化南详细介绍了保定守军撤退的情形。11月21日当晚，他召集驻军各团长、警备司令部各处长、保安行政官员、法院院长及各流亡县长，宣布了北平"剿总"的电令："放弃保定"。22日凌晨4点，盘踞保定三年之久的国民党守军，在第16军22师、109师，第35军101师、暂17师、26师，第94军43师，第101军273师等援军的一路接应和护卫下，由北门弃城北撤，保定由此获得解放。

刘化南此文用了7页的篇幅，具体叙述了保定战役及近

30000兵民的撤退经过，其中详细描述了守军制定的"撤退序列"：（1）保定警备司令部人员及其卫队、勤杂人员；（2）保定行政专员公署人员及所辖各县党部和各县流亡政府人员；（3）河北省保安团残部及省政府留守人员；（4）保定警察局人员和四存中学学生及商民各色人等；（5）32师的主力部队816团为掩护部队。

从以上撤退序列可知，保定国民党守军的撤退并不是毫无章法、溃不成军的败逃，应该算是一次自上而下有次序的撤退。其中，爷爷的警卫营作为警备司令部的卫队，当属开路护卫的第一序列，而奶奶及儿女则在"各色人等"的第四序列。

当然，我之所以用"撤退"而非"败逃"一词，是因为解放军显然是故意放开了一条生路大道，任其北走，否则双方短兵相接，一场恶战下来，这支包括众多学生、商民、眷属的队伍，伤亡一定会最为惨重。

这真是一场波谲云诡、瞬息万变、惊心动魄的战斗。突然间，保定守军全身而退，得以苟延残喘，而攻城大军则兵不血刃，夺取战略要地，战役以这样一种方式迅速结束，出乎双方绝大多数人的意料。对此奶奶在书中，只用"不久部队就到了北平"九个字，就一笔带过了，连个"撤"字也不用。也难怪奶奶会如此用心良苦地字斟句酌，那国共双方战场上你死我活的较量、那战场外斗智斗勇的过招，她哪里会知道，又哪里会有闲心去知道呢？

1948年11月22日，爷爷奶奶撤离保定的那一天，正是中国传统二十四节气中的小雪，历书上说此时"天地不通，阴阳不交，万物失去生机"。

对于那晚撤退时的情景，奶奶虽然不愿谈及，但一定刻骨铭心，终生难忘。寒夜漆黑一片，脚步沉重慌乱，耳边枪声作响，心中惊悚难安，她已经清楚地意识到了，经此一役，她和全家人的命运就更悬了，前途一如这个代表着失却生机、萧瑟寒冷的节气。

四十四

从保定撤到北平后,奶奶一家先暂时住在了城外一户人家放煤球的简陋小房里。20多天后,解放大军就把北平围了个水泄不通。

煤球房也不能住了,只得搬到城里,可城里一直没有找到住处。正当奶奶焦虑万状、不知所措之际,爷爷叫人给她送了一封信回来,让她拿着信到光复胡同五号院找王嘉楠先生,请他帮忙解决一下住房。

王嘉楠以前是遵义步兵学校的教育处长,爷爷的老同事。他见信后说:"没有房子,只有一间门房,非常小,你要不要住啊?"奶奶看到门房除了放一张床外,只剩下两个平方米的空间,真的极其狭小逼仄。但是时局危难,奶奶顾不上再多想:"可以,这就搬来住。"她带着一对儿女和侄儿,刚搬进城不到两个小时,城门就关了。

奶奶的这次果断与利落,又一次让全家人躲过了一场骨肉分离的劫难。据前述刘化南文中所述,撤抵北平后,保定"剿总"司令部由广安门转移至丰台东北,在财神庙西南地区驻扎。12月13日晚,其814团意外地与插入西郊的东北野战军先头部队第 11 纵队迎头相撞，双方随即发生激烈巷战。因东野 11 纵长途奔袭，警戒疏忽，被 814 团破天荒地捡了个大便宜，伤亡不小。"剿总"司令部闻讯后一片欢腾，刘化南却不仅没喜，反而大骇，他断没想到解放军会如此神速地兵临城下。当夜 12 时，刘化南不敢心存侥幸，亲自率部匆忙迁入城内，从而 20 天之内两次避免了全军覆没的厄运。奶奶所说的关城门一事，就是因此而出。

在这里，需要提一下爷爷负责警卫的顶头上峰刘化南。在保定之前，爷爷与之从无交集，更谈不上知晓。来保定之后，爷爷的警卫营一直是军部直属，只是因为军部于 1948 年 9 月迁到北平之后，该营留下，归属保定"剿总"司令部指挥，从而成为城防司令刘化南手下一支重要的警卫力量，两人直接共事仅有三个来月，但就这短短的三个月，风云激荡，变化莫测。

刘化南 1908 年出生于辽宁省喀左蒙古族自治县，曾是东北陆军讲武堂第八期骑兵科的毕业生。"九一八"事变后，他任吉林自卫军骑兵第六旅少将旅长，与东北抗日联军赵尚志部一道联合抗日。后作战受挫，他竟于 1942 年出任伪华北绥靖军第五集团少将司令，为侵华日军和汪伪政府卖命效力。抗战胜利后，所部被国民党收编，他也摇身一变，成了保定警备司令部新编第二师师长，1948 年 9 月任 101 军 272 师师长兼北平行营少将参议。

1949年1月，刘化南在北平参加和平起义，在改编中先担任解放军独立第四十一师师长，不久进入华北第六高级步兵学校研究班做研究员。同年4月因被查出其有投靠日伪的劣迹而被捕，并以战犯罪关押。1959年12月4日获特赦，是新中国第一批特赦的30名国民党战犯之一。后担任山西省人民政府参事、参事室副主任，是山西省第四、五届政协委员，1983年逝世。

其实按照国民党军的忠诚标准，刘化南在保定的表现还是很合格的。对于攻打保定，从一开始中央军委和华北军区就制定了明确的战术，那就是采用军事和政治两手向守军发动攻击。战前，攻城总指挥、冀中军区司令员兼七纵司令孙毅，曾亲自给刘化南写了一封劝降信。信中先讲了东北三省已经解放，平津保国民党军的日子也不会太长了，接着讲冀中百姓对保定一战的支持，除了食物、衣服，连棺材都给提前准备好了，解放军拿下保定，只在旦夕。望其看清形势，尽早率部投降，立功赎罪。如果拒绝投降，待到城破之日，那就悔之晚矣。

对此，刘化南在回信中也直截了当："不成功，便成仁，决不投降。"他信誓旦旦地声称"愿同三万守城弟兄共存亡"。孙毅司令员看后非常气愤，当场把信撕得粉碎，随后抓起电话机对前指漆远渥副政委说："刘化南死不投降，通知部队按预定部署行动！"

至于北平丰台发生的巷战一役，本是打了一场久违了的胜仗，该好好庆祝并邀功请赏的，但刘化南却从中意识到了自己所处的危局险境，他当机立断率部进城，又一次侥幸逃脱，可见其嗅觉的灵敏与决断的干练。

四十五

　　被围困在北平的日子，北风呼啸，天寒地冻，十分煎熬。尤其到了夜晚，由于电被掐断，全城漆黑一片，更加重了人的恐慌压抑感，真可谓饥寒交迫，前路迷茫，度日如年。

　　这一天，奶奶带出来当兵的族弟、堂侄闻讯后找到家里，说他们想回家，问奶奶有什么事儿可交代的。奶奶就让他们把姐姐的那个小儿子带回家，说："在这里他想家，我的压力也很重，你们都看到了，回家把这里的情形详说就行了。"

　　奶奶把这个侄儿唤作毛子，他生于1938年，跟着奶奶到保定时，只有11岁，这么小的年龄连枪都扛不动，奶奶只能把他带在身边。曾外祖父和曾外祖母强迫奶奶把他也带出来当兵，那显然只是个说辞，其真实心态应该是，想让他们的这个小外孙子跟着衣锦还乡的爷爷奶奶出来混个好前程，将来能够吃香的喝辣的。

　　眼下大军围城，败局已定，前途黯淡不说，还要连累着孩子跟着一起忍饥挨饿、受冻遭罪，奶奶说自己压力也很重，的确是万般无奈下的实话实说。这兵荒马乱的一年多来，奶奶既要照顾爷爷，还要呵护三个未成年的孩子，有惊无险地跨过了几道鬼门关，竟然都毫发无损，想来也真是不容易。

奶奶的族弟和堂侄，倒是如愿以偿地当了兵，可这兵当的却是国民党兵，正赶上了大厦即将"呼啦啦"倾倒之时，也算是生不逢时，空欢喜了一场。当然，他们内心还是要感谢爷爷奶奶的，多亏是在北平的部队里，其间没有经历什么大的激烈战事，要是也跟着奶奶一起到保定再从军，那阵前的炮灰绝对是当定了，能不能活着都难说。

这两人虽当兵时间不长，但对最后的胜败显然是看清楚了，所以没等这混乱的局面彻底结束，便萌生了回家之意，提前当了逃兵，可见此时傅作义的守城大军，早已人心涣散，手下的官兵都在纷纷逃离，作鸟兽散。困顿中的奶奶连自己都是泥菩萨过河自身难保，见状自然不会强留，她将毛子托付给他们带回家，让孩子们自己去谋条活路，也算是对家人的一种无奈交代。

2018年清明时节，我曾陪着从美国回来的二姑孙镇海女士到湖北孝感奶奶家的汤家老屋祭拜，见过奶奶提到的这位"毛子"，我称他为表叔。他大名叫周运强，退休前是京山县国营五三农场的一名职工。

表叔周运强很健谈，虽年已80，但精神矍铄，讲起话来很有条理。我曾问他:"当年解放军把北平城围得是里三层外三层的,连只麻雀都飞不出去,你们是怎么逃出来的呢?"

周运强很干脆地回答道:"我们都是小孩子,又不带枪,没人管,我就是跟着他们俩往外走,他们走哪里我就走哪里。"他说当年他们三个孩子偷偷离开北平之后,沿着京汉铁路一路南下,靠着讨吃要饭,整整走了一个半月才到家,进村时个个都已饿得皮包着骨,衣服烂成了破麻袋片,只剩下了最后一口气。一家人见状大为惊骇,抱头痛哭,乱作了一团。

1957年,孝感县政府动员乡民修河堤,工地一完事,表叔便不想再回村务农,于是就同几个年轻人一起跑到了京山县的国营五三农场,当了一名职工,这一干就是40多年,直到1998年退休。

就是在这次特殊的寻根祭祖之行中,我意外地从亲人们处得知,汤荣章并不是奶奶的本名,当年曾外祖父给大女儿取名为汤秀莲,奶奶叫汤福莲。1938年夏,武汉会战之前,奶奶在孝感小学校报名进入了宋美龄发起成立的抗日战时保育院。当时保育院对外有规定暂不收女孩,为此曾外祖父听从了学校老师的建议,把奶奶和妹妹都改成了男孩的名字,分别叫汤荣章和汤炳章,这一改反倒成了奶奶和妹妹一生的固定用名。

尽管妹妹汤炳章跟着奶奶到了保育院,并在遵义度过了整个抗战时期,但奶奶对老实憨厚的大姐汤秀莲却最亲,从小就有感情,对本分勤快的大姐夫印象也很好。奶奶追随爷爷到保定前,外曾祖父母要求她带走一个外孙子,奶奶明知是个累赘,但却不好拒绝,只好咬牙照办了。她知道这其实更是自己姐姐和姐夫的心愿与希望,所以一路上对表叔照顾有加,视为己出。好在表叔周运强总算是平安回了家,奶奶虽未达成父母与姐姐的期盼,但好歹算是对他们有了一个交代,也不枉自己的良苦用心。

只是令奶奶想不到的是,她带着毛子走后不久,家里就发生了一件大事。1947年底,国民党军在孝感抓壮丁,实行"三丁抽一"的办法,奶奶的姐夫,也就是表叔周运强的父亲,在兄弟四个里不幸被抽中了。

为了不去当兵做炮灰,全家人只好花钱托关系,暂时逃过了一劫。谁知不久又一次抓丁,还是老套路,这一次家里人连田产都变卖了,最终钱花光了,可人还是被抓走了,且从此杳无音信,生死不知。是奶奶那位苦命的姐姐,独自挑起了赡养两个老人、哺育年幼的三个儿子和两个女儿的家庭重担,她含辛茹苦,忍辱负重,在日夜的思念与期盼中度过了漫长而孤独的大半生。

那天,表叔带着我和二姑前去京山的墓地去祭拜,大姨奶的墓碑上至今只镌刻着她一个人的名字,在落日的余晖下,在萋萋的芳草中,显得格外寂寥。战争带给中国人的苦难,至今都无法消弭,它会让后代不时地想起,并在心中隐隐作痛。

我们离开湖北仅三个月后,身患重病的表叔周运强便辞别了人世,享年 80 岁。而他则成了奶奶跟随爷爷逃离北平前,辞别的最后一位大陆至亲。

四十六

毛子走后,奶奶感觉轻松了许多。这一天,爷爷意外地买了二斤骆驼毛回来,顺便也买了些布料,说要过年了,给两个孩子做棉衣穿。

奶奶说:"我非常高兴给孩子们做棉衣,两个孩子穿得实在太少,骆驼毛是很暖和的,比棉花好。一星期,我就把两套棉衣做好了。孩子穿着新衣服,高兴极了,问他们还冷不冷,他们都说不冷,我也觉得比较开心。天气实在太冷了,孩子冷,我只有疼在心里,当军人连家人子女的温饱都难顾全。围城了这么久,几十万部队整天无所事事,不知上面是什么意思。也好多日子没电了,这种黑暗的日子也不知道还要过多久。"

1949年1月31日,北平的街上突然热闹起来,每条街都在吹吹打打地扭着秧歌。是什么事儿?奶奶打听之下,才知道是傅作义起义了,共产党的军队进北平了。

至此奶奶终于得知了战事的最后谜底。它对奶奶而言,似乎来得有些突然,也让她备感震惊。但是这短短一个来月的时间里,却波涛汹涌,惊心动魄,国共双方斗智斗勇的紧张氛围，几乎令人窒息。

据《北平和平解放大事记》记载，平津战役打响的同时，国共双方的谈判也在紧锣密鼓地进行之中。双方的第一次正式谈判，始于1948年12月中旬，也就是说，从奶奶一家随着保定"剿总"司令部由丰台撤进城里、北平彻底被包围的那一天起，是战是和的问题就真真切切地摆在了傅作义将军和他的几十万守军面前。

1949年1月6日至10日的第二次谈判取得进展，双方虽草签了《会谈纪要》，但并未达成共识。四天以后，东北野战军摧枯拉朽，一举攻克了天津，傅作义等人大惊失色，双方随即展开第三次谈判，并于16日签署了《关于北平和平解决的初步协议》，共14条。19日，双方代表再次就《协议》内容进行细谈，增补为22条。

1949年1月21日，傅作义在华北"剿总"机关及军以上人员会议上，宣布了北平城内国民党守军接受和平改编，发出了《关于全部守城部队开出城外听候改编的通告》，同时将《协议》诸点内容经国民党中央通讯社北平分社向全国发表。22日，傅作义在《关于北平和平解决问题的协议书》上签字，并发表广播讲话。与此同时，城内国民党守军开始移到城外指定地点听候改编，到31日全部移防完毕。

据此可知，爷爷应该依照"不得随意走动串访"的命令，一直待在军营里，并随着部队移至城外待编，所以在那一段特殊的日子里,他几乎很少回家,奶奶自然难以知晓整个事态的发展与演变过程。当然,奶奶的族弟和堂侄,想必也是瞅准了这个短暂且混乱的停战间歇,悄悄地带着毛子溜出了北平城,一路向南逃回湖北的。

奶奶听闻"共产党的军队进北平"消息的这一天,确切地讲,已不是傅作义起义的日子,而是双方交接防务、宣告北平正式解放的日子。据《聂荣臻回忆录》中所述,"1月31日,也就是大年初三,华北野战军第四十一军政委莫文骅率第121师的干部和战士,从西直门进入北平,与城内的傅作义部队交接防务,沿途受到工人、学生、市民的欢迎"。(见解放军出版社2007年出版的《聂荣臻回忆录》一书)北平市民涌上街头,欢天喜地扭秧歌的庆祝场面,给奶奶留下了刻骨铭心的印象。

那天晚上,爷爷回来了。两个人一时陷入了矛盾的痛苦当中,不知如何是好。

爷爷对奶奶提起了一件事,说今天见到庞宗义的太太了,她从城外搬到城内,住在以前冯玉祥住的房子里。爷爷说,不知道他们跟冯家是什么关系,也不便问,倒是庞太太知道奶奶住在北平,说请奶奶有时间过去玩。

在前文中,我曾对庞宗义这个人物以及他与爷爷的渊源做过一点介绍与推测,他是爷爷读书时的同门师兄。

当年西北军在中原大战中溃败后,爷爷从死人堆里爬出来，逃回了南吴庄村里。后来，得知庞宗义在济南做铁路警察后，爷爷便不辞而别，成了这位师兄手下的一位路警。抗战爆发后，日本鬼子进攻济南城，山东省府主席、军阀韩复榘弃城而逃，爷爷则跟着庞宗义，随残存的铁警们一起到了重庆，并被改编为国民政府军事委员会交通警备司令部直属的重庆交警部队。庞宗义的具体官职爷爷没有说过，应该比爷爷高不少。爷爷在重庆做连长并被推荐到步兵学校去深造，从而彻底改变了命运，这一切均离不开庞宗义的提携与关照。可以说，爷爷与这位同门师兄有着不解之缘。

也正因为如此，爷爷那晚特意对奶奶交代说："听他太太说，庞宗义不在家，你有时间就去看看，庞宗义对我一直不错。"

有关庞宗义的身世，碍于手头资料有限，我一直没有弄明白。但是这个人物对爷爷太重要了，以至于我不忍放弃查找。功夫不负苦心人，最终在陕西人民出版社出版的《中国国民党人物全书》一书中，找到了对他比较权威的介绍：

庞宗义，河北丰润人。1933年中央陆军军官学校第八期毕业后，留校任政训处少尉见习，后到教导总队任职。1936年任津浦铁路警察署警察教练所教务主任。1938年任交通警备司令部第一支队中校参谋主任。1940年在陆军大学特五期学习，后去印度兰姆加战术训练班受训。1943年任昆明第五集团军总司令部参谋处第一科上校科长。1944年任第48军少将参谋处长，同年去中央训练团将校班第五期受训，1945年任青年军第207师少将团长。1947年升任该师少将参谋长。同年冬到南京中央训练团受训。1948年任华北"剿总"第九训练处少将参谋长。去台湾后，任某师师长。

至此，爷爷与庞宗义的人生交集清晰可见，之前我的所有推测当为准确无误。在北平解放的当天，爷爷与庞宗义太太的这次意外相见，对他的命途产生了直接的影响，让他在做出一生中最重大抉择之时，看到了一棵救命的稻草。

四十七

傅作义起义的三天后，王处长家来了一位特殊客人，还带了四名护卫。来人走后，王处长告诉奶奶，他叫李明灏，是彭德怀的部下。

奶奶搬进北平城后，一直借住在爷爷这位陆军步兵学校老同事家的门房里，过着寄人篱下的蜗居日子。其实这位王处长，应该算是爷爷的老师和上司。我曾查找过王嘉楠的生平简介，除了爷爷提到他是"陆军步兵学校教育处长"这个已知信息之外，还从国民党将军名录中，大海捞针般找到了他的名字，并进而知道，解放战争爆发后，王嘉楠由步校调到北平的华北"剿总"司令部，担任过骑兵旅旅长，并于1947年11月被授予陆军少将军衔。

在著名的科学家、教育家竺可桢的抗战日记中，这个人物就曾出现过几次。

抗战期间，大后方的遵义城里曾办有两所著名学校，一所是竺可桢担任校长的浙江大学，另一所就是蒋介石亲任校长的陆军步兵学校。两所学校距离很近，又都是国民政府直属的高等院校，所以彼此间经常往来，联系紧密。

竺可桢在《1943年日记》中就记载了3月23日当天的情景："中膳后行至步兵学校开会。浙大时间较步校早三十分钟，故余早到。二点半始开会，与王嘉楠、张一能、孔福民、易炎白、应高岗、廖仲文谈警卫、交通、招待等事。此次委员长之来，极不机密，街上妇孺皆知，故余疑其未必来。"（见上海科技教育出版社2010年出版的《竺可桢日记》）

竺可桢提到的一连串人名中，第一个就是时任步校教育处长的王嘉楠。一个堂堂的浙大校长步行至步校，与其一个处长等一干人，具体商谈委员长视察学校的安保接待工作，可见步校的地位要远远高于浙大。从竺可桢先生记载这件事的时间上算，爷爷此时也正在步校，他被总教育长刘震清中将赏识，刚刚完成了《步兵典》教材的编撰工作，并被提拔为练习团的少校团副。爷爷的这个职位要比王嘉楠低不少，且之前一定刚刚做过王嘉楠的学生。

也许是有过步校师生兼同事的这层关系，王嘉楠能给奶奶提供一间四处通风漏气的小门房住下，已经算是给爷爷极大的面子了。当然，在那个人人自危、朝不保夕的乱局下，奶奶也不奢求王处长对自己更好，尽管他家还有多余的房子。

奶奶的记忆力真是惊人，写此书时已是80岁的老人，但是过往的一切竟然都记忆犹新，就连每一次提及的人名都准确无误。如若不是奶奶提及，这些曾经显赫一时的人物，一定不会出现在我的视野之中。正因为如此，对她书中提到的每一件事、每一个人，我都不敢轻易放过，而是从爷爷奶奶与这些历史人物的交集中、与这些历史事件的交汇里，细细地探寻两位亲人那不同寻常的人生经历，捕捉他们之所以最终选择逃亡台湾的蛛丝马迹。

于是，奶奶偶尔听王处长提到的李明灏，也成了我考证了解的人物。一查，此人不仅真的存在，而且更加赫赫有名。

李明灏，湖南省醴陵市人。早年即加入中国共产党，并在共产国际组织接受过秘密高级情报培训，归国后奉命打入国民党内部，直接接受周恩来的单线领导。他担任过国民党广州陆军讲武学校，即黄埔军校的教育长，抗战期间任第97军中将军长兼重庆警备司令。1948年底，他向白崇禧递交脱离国民党的声明后，只身从天津秘密进入华北解放区，在河北省西柏坡受到了毛泽东、刘少奇、周恩来、朱德等人的接见。之后受毛泽东的委派，直接参加了策动傅作义北平和平起义的地下工作，立下卓越功勋。

北平解放后，李明灏担任东北军大第三总队队长，负责改造和培训起义军官工作。难怪，他去见王处长，身边会有四个护卫相伴。

这样一个风云人物，在北平解放仅三天，就出现在国民党军的王处长家里，令人诧异，它至少说明两人关系非同一般，这个王处长也绝非等闲之辈，必是这场和平起义中的一个重要角色。

果然，当天晚上爷爷一回来，王处长就直截了当地问："你是走，还是干？"爷爷说："我想走，就是不知道往哪儿走。"王处长说："今天李明灏来过，听他说年底以前解放全国，只有台湾还没有日期。你要走，只有去台湾，可是路很远，再说了，台湾在哪里都不知道。"

爷爷闻听，立刻浑身打了一个激灵。他回头对奶奶悄悄地说："我突然想到了庞宗义的太太，好像她跟我上次见面时，说起过庞宗义在台湾，当时没在意。现在我如果要去找他，他不能不管，明天我就去问庞太太，他在台湾什么地方，怎么去。"

四十八

奶奶对于北平的最后战局，一直用"傅作义投降"的字眼来表达。平心而论，傅作义在做出和平起义的决定时，对于拒不服从的下属算是做到了有情有礼，仁至义尽。

据史料记载，1949年1月21日，傅作义在北平中南海宣布与共产党达成和平协议的这一天，也是蒋介石在南京宣布"引退"的日子。除任命汤恩伯为京沪杭警备总司令等等之外，蒋介石在总统任上所做的一项重要的私下安排，就是派遣时任国防部长的徐永昌飞往北平，对傅作义做最后的争取。

傅作义手下有三位高级将领，当场坚决反对签署协议，他们是第4兵团司令官李文、第9兵团司令官石觉和第16军军长袁朴。对此，傅作义公开亮明态度："离去听便，但不得带走部队。"随后他亲自送这三位高级将官登上徐永昌的专机，一道返回南京。

爷爷作为一名基层营职小官员，自然享受不到这般待遇，但是从解放军后来按照双方达成的协议具体进行整编的情况看，对所有不愿意留下的官兵，都有明确而宽容的处理规定。

1949年2月21日，平津前线司令部召开了一次改编部队师以上军官的会议。林彪、罗荣桓、刘亚楼等人和傅作义的代表郭忠汾等悉数出席，会上东野政治部副主任陶铸宣布了改编方案。其核心要点有四条：

第一，傅作义总部及所属之兵团与军建制均被取消，以师为单位，改编为解放军独立师。

第二，待编部队之各级政工人员，愿意留解放军工作者先集中受训。

第三，人员处理：（1）愿留下工作者适当分配工作，其本人与家属按解放军规定同等待遇。（2）愿学习者，按工作职位与程度分班，本人与家属按解放军规定同等待遇。（3）愿回家者，又分三种情况分别对待：一是回家均按原职发三个月军饷；二是由北平到上海之车船票，包括家属均由平津线司令部发给；三是如家在解放区，回家后可以分得应有的一份土地。如本人系地主家庭，则按《土地法大纲》处理，只要今后遵守政府法律，既往不咎。

第四，参与北平和平解放，人人有功，回家后如愿意到解放军工作者，我们欢迎。

这份改编方案，虽重点说的是师级以上将官，但毫无疑问，对于师以下官兵则照此类推，并无原则性的差异，尤其是人员处理一项，充分考虑到了不同人的选择，根据情况区别处理，展现了极大的诚意。

依照爷爷已有的职位，如果参与改编，大致可以当解放军的连级干部，如果愿意学习，可享受营级的同等待遇；如果要回家，则依照营级职位发军饷、给路费，回家后还能够分得一份土地。这样的改编条件与处理方式，可以说已经不是战场上"投降者"应该享受的待遇，而是完全按照和平起义的道义和规格优惠以待。

我一直想，倘若奶奶的族弟和堂侄，此刻再选择回家，那断然不会遭受一路上的惶恐与磨难，而且还很有可能是作为"和平解放的有功人员"返回故里。可惜，仅仅相差20多天，人生的际会阴差阳错，截然不同。

从奶奶的书中可以明显地看出，爷爷从一开始便态度鲜明地选择了不留，这个想法且似乎从未动摇过，跟改编待遇的好坏根本没有关系。他之所以要选择"走"这条最为危险的道路，原因何在呢？是什么样的心态促使他在生死关头再次铤而走险呢？

这个问题，一直萦绕在我的脑海里，也成为我撰写本书最为关键，也最为敏感的核心内容。

爷爷不像国民党军中的众多高官，有家产，有积蓄，需要瞻前顾后、左思右想，他除了家眷，早已是一贫如洗，成了有上顿没下顿的真正无产者，那些因改编获得的待遇，他根本看不在眼里，更与他的人生追求相差甚远，从这点看，他选择"走"，是没有丝毫的顾虑与纠结的。反正已经输得一塌糊涂、失去所有了，干脆横竖一条命，生死由它去，再做一次抗争又如何呢？这应该符合爷爷那从不服输的性格，也是他当时逆反心理的一种真实反映。人常说性格即命运，此话不假。

爷爷也不像部分官兵早已厌倦了战争，想回家种地，过普通人的正常生活，对于爷爷而言，是有家不能回，因为家里还有爹娘，更有原配和儿子。倘若他就这样灰头土脸地携妻拥子回去，不仅要遭到亲人和乡邻的耻笑和谴责，还要连累着奶奶一同受辱，这对他这个血气方刚的大男人而言，简直是奇耻大辱。

爷爷太了解奶奶了，他知道奶奶身上有着一种一般人所鲜有的刚烈与自尊。当年在遵义丝织厂打工时，厂长的纨绔侄子喜欢上了奶奶，苦苦追求不果便开始威逼利诱，奶奶一气之下连夜出逃，并在途中遇见了爷爷，从此她便算是把命彻底交给了爷爷，死心塌地地跟随到今天。她要是得知自己的男人有原配且还活着，她怎么可以原谅得了他的欺骗呢？又怎么能忍受自己做小的残酷现实呢？爷爷早早地就把回家的后路堵死，奶奶的因素应该是个决定性的考量。

那倘若爷爷真的知道了俺祖母早已经在三年前就离开了这个世界，他会不会动一下回家的念头呢？我想十有八九也是不会的。

爷爷当年就是不愿意过那种日出而作、日落而息的农家生活，所以才一而再再而三地离家出走，为了实现人生的抱负和跨越，最终奔向抗日救亡的战场，成了一名抗日英雄。即便是愿意过平淡的田园生活，那也不会选择贫穷落后的南吴庄村，很可能如他对奶奶说的，"到湖北或到昆明找个气候好、交通好的地方"。

爷爷更不会选择像绝大多数同僚那样，脱掉旧军装参加解放军，投入解放全国的洪流之中。

爷爷15岁就出去当娃娃兵，经历了中原大战、抗日战争和国共内战的无数次洗礼，照奶奶的话讲，爷爷已然是位"兵大爷"了，他一定领教了战场的血腥，也深知这战争的门道，对于解放军改编的鼓动与宣传，他有一种本能的抵触与抗拒。而在保定时，他和奶奶听到的有关共产党的负面宣传，更加重了他的这种不信任感。

尽管他生来就是为战争而活着的人，但是在对阵双方之间，他有着自己从一而终的明确选择。正像奶奶在安顺教养院，面对着田玉汎这个黑帮院长所说的那样，"孙彦波是抗日负伤的英雄，国父孙中山的信徒，委员长的学生"，爷爷的信仰和理念，不允许他也跟众多起义官兵一样，选择脱胎换骨，重新做人。他虽为一介匹夫、无名之辈，但对国民党的忠诚却很坚定，这应该是他根深蒂固、矢志不渝的一种精神追求吧。

爷爷应该感到幸运，对于像他这样极少数忠诚于国民党的小人物,共产党不仅没有追究,反而按照与傅作义达成的协议,完全敞开了自由之门,送他们走,还给他们发放路费,显示出极大的自信与宽容,可谓仁至义尽。这一点连奶奶都不得不承认,在书中她破天荒地有一句客观的描述:"是毛泽东派人送我们走的。"

四十九

爷爷和奶奶亮明了态度,去意已决,接下来便是精心的准备与不安的等待,那段日子,对他们两个人来说极其痛苦,无比煎熬。

对于爷爷等人选择的"走",国共双方都心知肚明,那就是要到国统区,走到对立的阵地上继续与解放军拼杀,再决胜负。只是双方对此达成默契,无须把话挑明,而以特别单独列出一条的方式加以淡化处理:"由北平到上海之车船票,包括家属,均由平津线司令部发给。"到上海去,对于尚未结束战争的国共双方而言,其特定的含义一目了然。至于是不是真的要去"上海",并没有人计较,只是全部按照到上海的距离发给路费罢了。

爷爷和奶奶深知,一旦踏上这条风雨飘摇的逃亡之路,那可就世事难料,只能听天由命了,仅凭发给的那点路费,没有多余的盘缠,一家四口人既走不脱,也保不了命。

情急之下,奶奶突然想起一件事:"我不是还有五个月的眷粮,你还没有拿回来吗?拿回来,我把它卖掉,还可以凑多一点钱。"爷爷一愣:"眷粮——什么眷粮?"奶奶说:

"我们在孝感住了五个月，你忘了吗？"爷爷恍然大悟道："你不说，我真的忘了。"

第二天，爷爷派人给奶奶拿回了两包米，奶奶把一包米送给王处长家。奶奶住他家的小门房，没钱付房租，王处长家的太太每天见到奶奶，都鼻子不是鼻子脸不是脸的。奶奶送他们一包米，她立刻就眉开眼笑了。另一包，奶奶想卖了凑点路费。

这一天，爷爷出门之后，家里来了一位不速之客，他自报家门，说他叫刘方，是爷爷的老同事、好兄弟，特地前来辞行。他让奶奶转告爷爷说："我要走了，是到成都，以后你们到南方，最好到成都来找我，工作绝对没有问题。"爷爷回来后，听奶奶告知情形后，立刻说："我到成都找他干什么？成都很快就会完了，他怎么选择去那里呢？"

奶奶讲述的这个细节，仔细琢磨起来，很值得玩味。

首先，平津线司令部和北平军管会对于傅作义属下决定要"走"人员，答复得比较干脆，并没有做太多的思想统战工作。尤其像爷爷、刘方这样顽固死忠的国民党军低级别军官，一旦确定意向马上放行，快刀斩乱麻，绝不拖泥带水，的确是做到了"留去自便"。

其次，找寻自己尚存的旧部人马，投靠曾经的老上司、老战友，是当时这些去意已决之人的普遍做法。刘方显然想到了带领他和爷爷共同抗战的老军长罗广文将军，此时正担任第15兵团司令兼108军军长,驻防在成渝一带。此时追其而去,定当有所安排,他日能否东山再起虽未可知,但终究能有个安身立命的去处。而爷爷奔着庞宗义而去,也是如此考虑。

最后,事关生死的重大抉择,除了自身的眼界与格局起到决定作用之外,冷静的观察与准确的信息同样非常重要,不可或缺。刘方选择到成都,无非是觉得放眼全国,唯千里之外的大西南最为安澜,那里山高水长,沟壑纵横,当年连日本鬼子都没有拿下。殊不知国民党兵败如山倒,已是大势所趋,正如爷爷所言,"成都很快就会完了",这是迟早的事情。从这个角度看,爷爷的眼界与格局显然要高于刘方这些同僚。生死关头,他的判断可谓精准。

当然,从中更能看出爷爷的冷静、淡定与坚忍。对从王处长那里得到的年底前解放整个大陆,要逃只能去台湾这个极其重要而绝密的信息,他有无透露给别人尚不知道,但通过自己的认真分析后,他对此是深信不疑,从而做出了自己的判断。

对从庞宗义夫人那里得知她丈夫正在台湾凤山基地,为国民党撤离大陆做前期准备的绝密,爷爷是否守口如瓶,同样不清楚,但他自己却咬住不放,毫不犹豫,从而提早规划好了一条独特的出逃路线。他和刘方奔往不同的方向,注定了会是两种截然不同的命运。

奶奶心急如焚地问爷爷："我们什么时候可以走啊？"他总是淡淡地说："还早呢，现在还无法决定。"但在他心里非常清楚地知道，时间已不等人，机会稍纵即逝，他必须不露声色地抓紧准备，力争做到万无一失，即便对自己的妻子也不多言。

第二天，爷爷的传令兵又给奶奶送来了四包米。奶奶惊讶地问："哪来的这么多米？"传令兵说副官叫送来的，是营里剩下的。他说："营长这个人很古板，现在是什么时候了他都不要，还不要，只能交给共产党了。"

加上先前的那袋，奶奶一下子有了五包米了。

那时的北平城缺粮严重，米价很贵，奶奶有五包米在手，怎么样都可以卖到 20 块银圆的。王处长见状，格外热情地说："这样好了，我给你找人，还可多卖两个钱。"

奶奶想也没想，痛快地说："那好，我先谢谢你了。"

五十

在那段筹备逃亡的日子里,奶奶在书中特别提到了给自己提供了暂时住处的王处长。

都住在一个院子里,整天低头不见抬头见的,王处长家的那点事,奶奶早已略知一二。

王处长的女人不是他的原配,江苏人。她在遵义时,举目无亲,甚是可怜。抗战胜利后,王处长原配亡故,也是同情她的处境,就把她带回了北平。

王处长还有个儿子,叫龙生,靠自己的努力,考上了大学,奶奶对这个孩子印象不错,认为是个懂事明理、很有出息的孩子。可是那个女人却摆出后娘的面孔,不给儿子吃饱,还跟王处长抱怨说龙生好吃懒做、挑三拣四的,为此两个人常常吵闹个不停。

奶奶说,有一天天很冷,龙生一早起来,倒了碗开水,拿了两个馒头在火炉上烤了,就着两片儿咸萝卜吃,吃完就上学去了。王太太起来后,就吵吵说龙生又偷她的馒头了。王处长说:"这个孩子很乖呢,你不给他做早餐,他自己拿馒头,烤烤吃了去上学,到哪里找这么好的孩子?再说了,他吃的是我的,又不是你从娘家拿来的,你吵什么吵?"

那个女人不依不饶,依旧满嘴龙生他娘长、龙生他娘短地数落个没完。王处长气急了,厉声喝道:"龙生娘、龙生娘,龙生他娘嫁给我的时候是黄花大闺女,你是什么东西?不识抬举!"那个女人闻听,顿时像疯了一样大哭大闹起来,在院子里追着王处长又捶又打。奶奶听了,赶紧出来相劝。

正在这时,王处长的朋友坐着黄包车来了,手里提着两个咸菜罐子,出奇地重。来人说:"你们在吵什么?"王太太诉苦说处长打她,王处长愤愤地说:"简直是恶人先告状!她打我还说我打她,我要打她,一个指头就把她打倒了。别吵了!"

来人说:"送两罐儿咸菜,给你们下稀饭。"说着忙给王处长使眼色。王处长说:"你放在后面废墟,待一会儿我来帮你处理。"

可那人没走,依旧冲他眨眼睛。王处长顿时明白了:"啊,孙太太不是外人,你放心。"然后扭头对奶奶说:"李先生、李太太要出远门儿,把几个银圆放在我这里。"

其实王处长不说,奶奶也看出了眉目。来人送来的两大罐子银圆,是王处长之前当骑兵旅长的时候,弄得的一笔横财。王处长家房子很大,也很讲究,前后共有五栋。抗战后期,美国飞机轰炸北平的日军时,炸毁了一间,除了王处长自己住之外,剩下的三间都租出去了,可谓衣食无忧。而王处长说的后面废墟，就是那间被炸毁的房子，里面堆满了砖头和垃圾，正好可以埋藏金银财宝。

爷爷这官当得是清汤寡水、捉襟见肘，不仅连全家人的衣食温饱都难以为继，甚至连筹措最后逃亡的路费都如此费尽了心思，再看看这王处长这官当得，房子银圆要啥有啥，衣食不愁，养尊处优。奶奶真是别有一番滋味在心头："王处长这样的家境，孩子吃馒头是绝对吃得起的，为儿子吃馒头而吵架实在不应该。"

当然令奶奶大为不满，甚至愤怒的是，这个王处长，看起来很斯文的样子，但对身处绝境之中的爷爷一家老小不仅不怜悯，反而落井下石，为了蝇头小利而绞尽脑汁，巧取豪夺。

王处长说可以帮奶奶把五包米卖个高价，好凑足路费，可他回来却告诉奶奶，那些米只值15块银圆，而且还是拿一粒金豆子，折算了13个银圆。奶奶明知被他骗了，也只能忍气吞声，自认倒霉。

谁知过了两天，王处长又说："孙太太，你把那个金豆子给我看看，会不会是假的？"

奶奶警觉地说："不会吧，你朋友的人格，会有那么差吗？"

王处长说："那就不一定啊，如果是假的，可以找他换呀。"

奶奶生怕再有意外，便推托说："算了吧，也许不是假的，再说那样太麻烦了。"

王处长见状，脸一沉："不麻烦，我叫你拿给我看看，你就去拿嘛，就是孙彦波在家，我要看，他也不能不给我看呐。"话说到这份上，已然带有强烈的威胁口吻了，奶奶无奈，只好取出来给他看。

王处长看完，往口袋里一装，说："孙太太，我看还是把金豆子退了，让他们给你银圆好了，这年头真假难辨啊，何况你们路上用银圆也方便些。"

奶奶想想也有道理，便说："也可以，那给我 13 块银圆就好。"

谁知王处长却说："没有那么多吧？现在金豆子跌价，你的金豆子只有 11 块了。这个金豆子是真是假，我也把不准，你要是不愿意你就拿回去。"

奶奶闻听，不由心头一颤：我的天！刚才给他的应该是真的，他这左看右看的，完了就放在他口袋里了，再拿出来的，谁知道是真还是假呀。

没办法，自始至终奶奶就防着他骗人，结果还是叫他捉弄了。欺骗、讹诈、威逼、利诱，这一套王处长全都用上了，一直到奶奶投降服软，就是为了那区区的几块银圆。

本来值 20 多块银圆的米，最终却只换到了 13 块，奶奶此时的心情可想而知。她愤怒地感慨道："做人应该要受人尊重，要别人尊重，首先就要知道廉耻。一个60多岁的大男人，骗一个20多岁晚辈的两块银圆。同时，你那么有钱，我们当时是穷人，又准备走了，非常缺钱，你不但无所同情，反而落井下石，平常满嘴仁义道德，都是骗人的。我是觉得，人无廉耻，什么坏事都可以做，我们处在这种大灾难的时候，什么气都得忍受。"

奶奶对于王处长的鞭挞与鄙视，可谓字字见血，掷地有声。一个堂堂国民党军的少将大员，一个满腹经纶的教育处长，竟然这般鲜廉寡耻，真的是让人跌破眼镜。奶奶说的是自己上当受骗的事，我则从中看到了爷爷为之忠诚奋斗的那个党国早已经从内部开始瓦解，堕落腐烂了。

过了几天，爷爷回来了，奶奶瞅了个空，就把家里近期发生的事情倾诉了一番，谁知爷爷听了，显得并不是很生气。他沉默了一下，接着轻轻地叹了一口气说："唉，只要能走，这点小事不算什么，我们必须得忍着。"

奶奶见状，立刻追问道："那什么时候可以走呢？我简直受够了，再也不愿待在这里了。"爷爷平静地说："还早呢，现在还无法决定。这样吧，我们先搬家到广安门去，那里正好有间房子，比这里要好。"奶奶忙问："那这个房子呢？"爷爷说："还放在这儿，到时候再回来，我明天就派人来搬。"

此时的爷爷显得镇定自若，胸有成竹，仿佛一切都会在他的掌握之中似的。这与他在贵阳养伤期间东游西逛、家长里短的无聊举止形成了鲜明对比。

在广安门没住几天,部队就交接完了,爷爷也确定了最终离开北平的时日,于是一家人又都回到了王处长家做准备。

五十一

　　临行前,奶奶专门做了些馒头和卤菜,准备带在路上,以备不时之用。

　　此时爷爷的副官又派人送来十块钱,说是部队交接前,有十名士兵逃跑了,这是他们的薪水,送给太太做旅费。传令兵说:"营长是个固执人,现在难道要把这十块钱交给人家啊?人家也不会感谢我们的。太太,十块钱虽然不多,但是走路多十块钱,总比少十块钱好,你就收下吧。"

　　奶奶说:"我怕营长骂。"传令兵说:"太太,这不算贪污,这也不是贿赂,营长平时待我们亲如手足,就算是那几个跑了的弟兄给营长的一点回报也不为过。太太,你收下吧。"奶奶掉下了感激的泪水。

　　离开北平的前一天,天气很冷,还下了雪,爷爷在院子里和王处长聊天,两个人满身都是雪花。奶奶出去问:"你们冷不冷,衣服湿了吧?"

　　王处长说:"你放心,衣服不会湿。下雪和下雨不一样,下雨很快衣服就湿了,下雪不一样,把衣服脱下来抖一抖就没有事儿了。你是在南方长大的,你知道吗?瑞雪兆丰年。

这个麦子埋在雪下面，雪一融化麦子就旺盛起来了。你看，这下面是菠菜，菠菜也不怕冻。前些日子，菠菜还看不到，你看现在，此物长得旺盛。"说着，他顺手把雪扒开，真的，菠菜长得绿油油的，很鲜嫩。

奶奶记忆中的这场春雪，今天看来，无论是对于即将逃亡的爷爷一家，还是刚获解放的北平市民，都是下得恰到时节，别有一番蕴意。

也许是多日的奔波终于有了结果，爷爷难得有时间与王处长一起赏雪景。当然，王处长由于有李明灏这层特殊的关系，也由于解放军对傅作义旧部官员的改编给予了不错的待遇，当然更由于自己有家产在北平，他选择留下来是一件自然而然的事情。两个人虽都对未来充满着期待与不安，但是这一走一留，心态反差还是很大的。

我猜想，爷爷是该想的都想了，能办的事都办了，整天早出晚归、忙忙碌碌的，好不容易事情终于有了眉目，反倒是难以平静地打发掉这离开前最后的时光，于是便与王处长话个别，以示客气，此时此刻，与其说他在赏雪景，倒不如说是陪王处长。王处长触景生情，兴致大发，说个不停，而爷爷的心思肯定早已飞到了明天即将开始的风雪旅程，惴惴不安。

爷爷对整个逃亡的筹备可谓是煞费苦心，也周全缜密，这十几天来，他一门心思全放在这上面了。他清楚地知道，这是人生又一次也许是最后一次的重大赌博，尽管他完全有理由可以不必参与这场赌局，但他就是控制不住自己的冲动，而且把自己和全家老小的性命都压上了。

为了确保计划成功，他一方面挖空心思地细致谋划，不露声色地四处打探，另一方面沉默寡言，隐忍不发，整个筹备的思考脉络、期间经历的复杂过程，他不仅对王处长守口如瓶，没吐露半个字，似乎就连奶奶也浑然不知，显示出他过人的沉着与忍耐。

正因为如此，奶奶的书中没有对这一重要过程的记载，真是令人备感遗憾。我只能展开想象的翅膀，在时隔70多年后的今天，力图还原爷爷险中求生的现实思考。

应该讲，爷爷选择走塘沽、经青岛、奔东南的这条逃亡之路，是当时所有决定离去之人中最危险、最漫长也是最不划算的一条路线。暂且不论战争带来的众多不确定性，单就选择坐船这个交通工具，就比陆路要危险数倍，一旦乘舟出海，一切只能听天由命。这条海路，由于要绕道而行，自然路程更长，不仅要花费更多的时间与钱财，而且对人的精神与毅力也是一种巨大的考验，何况他们还带着两个年幼的孩子呢！

我查阅了当年对傅作义旧部改编的相关资料，虽然对于选择到国统区者没有一个确切的权威数字，但其人数与25万待编大军相比，属于极少部分是可以确定无疑的，这里面

251

有两种情况尤其引起我的注意。

一是，这部分人中，原国民党嫡系部队的官员居多，且中下级人员态度最坚决，属于死忠的"国军分子"。其中，"黄埔系"的军官们尤其表现抢眼，只有极少数人愿意接受共产党的军队改编。爷爷算是都占全了，他虽不是黄埔军校的毕业生，但却是中央陆军学校的正规学员和副团级教官，其抗战时期的校长正是蒋介石。国共双方都把这批自称是"校长学生"的院校军事官员，习惯地统称为"黄埔系"。

高级将官们之所以占比不多，正如之前对王处长的分析那样，除了解放军的优待、自己有丰厚的家产需要考量之外，还与傅作义起义时提出的要求有关。"离去听便，但不得带走部队"，仅此一条，就断了这些高官的后路。没有了自己的嫡系人马，在历来靠枪杆子说话的国民党军系统，那就是孤家寡人，只能寄人篱下，苟延残喘。

二是，大多数人选择的出逃路线集中在两个方向，一个是西北，一个是东南。史料记载，对于这些想回归国民党阵营的"死忠分子"，解放军曾明确规定，除了要求所经解放区一律放行，并发放路费之外，也对交通做出了两条具体安排：对于想去西北的，送到秦晋交界的风陵渡，由此进入国统区。对于想去东南的，则送到以上海为标志的国统区。原国民党军中的"黄埔系"官员，大多数都选择了后者，途经上海后再回归到国民党军各部队之中。

而这奔往东南方向的则又分为两条线路：一条通过火车、汽车路南下，送到长江边。另一条则先把人送到距北平最近的天津塘沽码头后，再找船送出。

按常理分析，海路一线由于条件所限，能否找到船只与什么时间离开都无法保证，加之海上风险极大，旅途漫长，此条出逃路径，对于归心似箭的奔命者而言应该是最次选择。但是出乎意料的是，"黄埔系"们看上的偏偏就是它。

爷爷他们为何毅然决然地踏上这条危机四伏的逃亡之路呢？

五十二

毫无疑问，爷爷选择海上路线，与其早已确定的目的地有着最直接的关系。

与其他国民党军的"死忠"官员略有不同，爷爷奔逃的目的此时已经非常简单而清晰，他不是为了重上战场、再决高下，而是为了另谋前程。对于国共双方战场上的最终较量，爷爷早有答案，也看得格外清楚。所以，他投奔的是台湾，这个可以栖身避难的国民党军最后堡垒。

对于台湾，在王处长和庞宗义太太告知之前，爷爷从未听说过，更不知道它在哪里。经过不露声色的多方打探，最终知道台湾的方位之后，爷爷依旧没选陆路而是绕道海上，这就应该与他对当时局部战场的信息了解与准确研判有关了。

在等待改编的那些日子里，爷爷这群"黄埔系"的中低层官员们惶惶不可终日，他们一刻也没有闲着，都在紧锣密鼓地打探着，绞尽脑汁地盘算着，甚至是彼此感受到了解放军的宽容而壮着胆子，公开聚在一起合计着，生怕失去一丝逃生之机。

他们一定了解到，随着三大战役的胜利结束，长江以北成了共产党的地盘，渡江战役也箭在弦上，即将打响，他们此时选择陆路南下，不仅担心自己拖家带口的步伐，根本赶不上解放大军的过江速度，而且以他们对共产党的顽固敌视，也不相信对方会让他们平安抵达，这山重水复的千里奔波，反倒更不安全。

当然，他们做出走海路的决定，还有个重要考量，那就是青岛。

读过《别了，司徒雷登》这篇著名文章的人都知道，毛泽东在斥责美国的侵略行径时，这样写道："美国的海陆空军已经在中国参加了战争。青岛、上海和台湾，有美国的海军基地。"而当时驻扎在青岛的正是美军的太平洋第七舰队。

据《青岛市志》记载，1945年8月15日，日本宣布投降，青岛旋即于18日被国民党全面接管。同年10月11日，美国海军陆战队正式登陆青岛，并将其开拓为自己在东亚的重要军事基地，驻扎的兵员最多时曾达到2.7万人。正因为如此，1949年初春，虽山东全境已大部解放，但青岛、即墨及海上的长山列岛却仍为国民党军所盘踞。

这可是恢恢天网中的一条意外生路，爷爷他们这群有文化、有见识，也不乏胆量的"黄埔系"们捕捉到了，并且死咬不放，决定抱团一搏，铤而走险。

奶奶在书中写道："正月初二，我们就要离开北平了。

255

我们一家没有过年的气氛，好像整个北平也没有过年的气氛，没人放炮，也没人拜年，这个年就这样冷冷清清地过了。……初二这天，我们到火车站等火车，有十几个朋友同事和部属到车站为我们送行，等了两个多小时才上车。"

对于爷爷奶奶而言，这的确是个极其重要的日子，也是个令人难以平静的时刻，所有的忍耐只为了这一天，所有的希冀也都寄托在了这一刻。但是读完这段话，我却很是困惑，陷入了茫然之中。

从时间上推算，1949年的农历腊月二十八，应该是1月26日，此时的傅作义刚宣布和平起义不久，正移兵城外指定地点听候改编。这年的春节是29日，31日也就是大年初三，华北野战军的先头部队进入北平，与城内的傅作义部队进行防务交接。而真正盛大的入城仪式则选在2月3日举行。聂荣臻曾在前述回忆录中写道："选择这个时间进城，也是有所考虑的。本来傅作义部队一出城改编，我军就可以进入北平，但考虑到当时年关将近，为了让老百姓过好年，我们宁肯推迟进城时间，作为执行好城市政策的良好开端。2月3日是农历正月初六，正好传统的'破五'刚过。"

这个时间段里的大年初二，应该是1月30日，爷爷正等待改编，奶奶则被困在城中，绝不可能此时就踏上了逃亡之路，更不会有十几个亲朋好友如此大张旗鼓地前来车站相送，因为那时的整个平津铁路已在解放军的全面控制之下，列车早已停运。看来，奶奶在这里出现了时间上的记忆错误。

回望全书，奶奶对之前与过后的每一个时间、每一个人物、每一个细节，都记载得清清楚楚，唯独在如此重要的时间节点上出现了混乱。加之她描述离开前后的情景，尤其对过年气氛的描写，非常逼真，这便越发让人难以理解。

我甚至以为这也许是奶奶突然听到爷爷告知可以离开了，这从天而降的好消息，刹那间让她压抑多日的心情得以释放，有种时光倒流的恍惚感，生活的篇章与时间的记忆，仿佛都从解放大军进城那最灰暗的一刻开始，又重新得以接续，形成了一种思绪、时光与现实的三维交错。

但是再仔细琢磨，我自己都笑了，我可能把一个简单的问题复杂化了。一个80多岁的老人，回溯自己漫长的一生，难免会有记忆上的差池，甚至越是重要的日子反倒可能越容易搞混记错，奶奶此处就是一个明显的笔误，做过多的联想，只能是贻笑大方。

既然奶奶提及他们正式逃亡的日子有误，那么什么才是较为确切的时间呢？

依奶奶书中接下来的记述，再结合当时北平部队改编的进展情况，大致可以判断为是2月底或3月初的某一天。也就是说，它至少是在2月21日平津前线司令部召开第一次对傅作义旧部改编会议发布详细方案，并开始具体实施之后，否则爷爷是不可能被放飞东南的。

  如此，爷爷奶奶一家人逃离北平的确切时间，大概率是在当年的农历二月二，奶奶错当成了"正月初二"，此时春节已经结束，自然没有了过年的氛围。但这一天，是一个寓意龙抬头的吉祥日子。

五十三

时隔不到两年之后,再一次踏上同一条路,奶奶的心情格外复杂。

来时,她只身带着自己的一双儿女和亲戚的三个孩子,虽也是辗转奔波,但目标明确,知道前方有自己的丈夫在等待着他们一家团聚。心中有念想,脚下就会有力量,纵然是万里波涛汹涌、千般苦难磨砺,她也无所畏惧,笃定前行。

然而此次重走,则截然不同。虽有丈夫在身边,但战败的挫折、逃生的惶恐充溢心间,让奶奶的步履分外沉重,而前路的茫然,生死的未知,更让她难以镇定,心乱如麻。

奶奶说:"上车后都要检查,连身上都要搜,主要是查有没有带武器。也有人带了一支枪,结果被逮了回去。我们只有防寒冷的被子、衣服及锅碗,其他就60块现大洋,这是许可的数字。到塘沽的时候,天已快黑了,住在一个大仓库里。我们一家四口分150公分宽、200公分长的那么大一块儿地方。住了40多天才离开。这40多天就像40多年那样长,提心吊胆,命运掌握在人家手里,随时都有走不了的危险。"

奶奶清楚地记得，那个大房子的门口有条又长又宽的走廊，有家眷的人都在那里搬些石块儿，弄些泥巴筑灶煮饭。爷爷也卷起袖子，搬来石头和泥巴，垒了一个很好用的灶。对于爷爷这个意外之举，奶奶真是又惊又喜。从来不问家务、只当甩手掌柜的丈夫，此时也跟其他家的男人一样开始关心粮食和蔬菜，做些力所能及的事情，奶奶为此"非常感动"，并惊奇地发现"他那受伤尚未痊愈的腿也能爬高负重了"。

在40多天度日如年的漫长煎熬中，奶奶那坚毅而豁达的乐观心态，发挥了关键性的作用，让她成为全家老小最强大的精神支柱。

他们暂时寄人篱下的住处附近没有什么住户，只有很多摊贩，卖什么的都有，卖吃的的最多。那栋大房子是在海边，海岸线很长，海面宽广无垠。别的地方，一根草都看不着，唯独这里长满了一丛丛的芦苇，因为冬天都干枯了，便成了奶奶她们取之不完的柴火。白天，奶奶会带着二叔和大姑到海边玩，有太阳或者玩累了，就到芦苇丛里睡一觉。

在奶奶年轻而旺盛的生命里，那个荒凉而空旷的芦苇荡俨然成了她心中极美的伊甸园。奶奶说，因为等船的人来得很多，那些芦苇丛便被弄成了一个一个的窝棚样，在里面睡觉很舒服。到了晚上，窝棚更热闹了，每个棚里都会有成双成对的青年男女在窃窃私语，有人干脆把被子抱到窝棚里过夜，因为大房子实在太挤了。而左右人员一走，有孩子的人家就宽松多了，奶奶为自己一家晚上能睡个舒服觉而心满意足。

本是一段不堪回首的痛苦经历，但在苦中作乐的奶奶看来，不乏浪漫的情趣，她毕竟才只有24岁，正值青春芳华、迎风绽放的年龄。她有惶恐却无所畏惧，有担忧却不气馁，这种顽强向上、生生不息的青春力量是许多人能够度过时艰、破茧重生的原始动力，它不神秘，也不复杂，但却足够强大。

奶奶没有说爷爷此时的表现，但能想见他此时此刻的焦虑。这群死里逃生的"黄埔系"们，好不容易脱离了北平那块伤心之地，却又被困在了这前不着村、后不着店的荒郊野外，走无船可行，等又于心不甘，一种被人耍骗、坐以待毙的感觉一定非常强烈。

他们深知，留给他们的时间真的不多了。尽管此时波诡云谲的国共双方和平谈判正在紧锣密鼓地进行之中，但是"谈不成要渡江，谈成也要渡江"的中共谈判原则已是众所周知，而"打过长江去，解放全中国"更是成为整个解放区最响亮的口号，他们不可能听不到。

更令他们心急如焚的是，随着时间的一天天拖延，青岛局势岌岌可危，不可预料。

那时的青岛，已是胶东革命根据地中唯一没有解放的城市，由于其在内战中特殊的海陆战略位置，加之其距离北平很近，青岛的命运备受世人瞩目。山东解放军之所以对青岛围而不打，不是因为国民党军队驻扎了特别强大的力量，而是因为美国的太平洋第七舰队盘踞于此，从中作梗，使问题变得异常复杂而敏感。

此时，拿下青岛孤城，已进入了即将诞生的人民政府议事日程之中。

这一点让困在塘沽码头的"黄埔系"们分外紧张。一旦青岛城破，他们连这最后的一棵救命稻草也没了，必将是无路可逃，面临未知的命运。

好在共产党言而有信，没有让他们绝望到心死。奶奶说："就这样，日复一日过了40多天，终于得到通知，我们可以走了，有一艘小木船送。我们船名叫大白皮，船主是个回民，不准我们吃猪肉，每天在海里网鱼煮汤给我们吃，味鲜肉嫩，一路上餐餐有鱼汤。"

万念俱灰之中又得以峰回路转，此时奶奶眼中的大海也变得无比浩瀚和透亮起来，与来时大不一样。

她说："在海上看日出也是一大享受。你会看见一个火球在东方海面上，浪高就沉下去，浪低就浮上来了，很是好看的奇景。一家人在船上没事儿，就给小孩子说故事。女儿说：'妈，我也会说，说有个小孩子呀，妈妈不在家，他把家里的鸡蛋偷吃不在啦，妈妈回来没有打他，我说完了。'"

如此温馨的一幕，此时读来竟让人眼里噙满泪水，无语凝噎。

五十四

那艘"大白皮"船,最终停靠在了一个叫虎头壁的码头。奶奶一行全都下船上了岸,然后步行继续走。

爷爷在当地租了个独轮车,行李放中间,孩子坐两边,车夫前面拉,大人在后面跟,一人一边扶着,怕小孩掉下来。奶奶说:"步行走了两天,经过好几个县才到目的地。……在烟台住了一个晚上,烟台的鱼很便宜,很好吃,我们一家饱餐一顿。"

虎头壁,在当年的山东掖县境内,而今则改称莱州市虎头崖镇,距离市区中心有十几里地,其码头可直通烟台、大连、天津等港口。爷爷奶奶一行在此下船,只能步行到烟头,是因为前面的龙口、长岛海域被国民党军封锁,不能通航,必须经掖县、抚远、栖霞、福山等县才能前往。这些地区早已解放,凭借着北平军管会的路条、解放区人员的接力照料,奶奶他们得以最终进入国民党军占据的烟台,共产党的护送任务也就此完成。

到达了目的地,烟台却只是个临时的落脚地,他们必须抓紧时间,继续赶路,只有到了青岛方能找船南下。所以爷爷一家在烟台仅吃了顿饱饭，第二天就赶到了即墨，住在南城阳一带的村庄里。可是，这一住竟又是十几天过去，真是天不遂愿，刚刚轻松下来的心，一下子又提到了嗓子眼里。

我查阅了相关资料，城阳在秦朝时称为琅琊郡不其县，后为即墨县所辖，此处距离青岛还有60多里路。爷爷他们这群"黄埔系"少壮派们，之所以要住在这么偏僻的地方，实属迫于盘缠的不足。城里费用高，且不知何时方能有船可走，他们必须精打细算，确保一旦有机会，买得起船票，能登上那条方舟。

在塘沽寂寞难耐的日子里，奶奶以芦苇荡里那苦涩的浪漫来化解心中的忧愁，在船上无聊单调的日子里，她又以观察海上日出的奇景来抚平创伤、温暖心田，而在这穷乡僻壤的胶东村庄，她又该以什么样的方式熬过这漫漫春日呢？

奶奶说："从上岸，一路走到即墨的路上，没有看见牛，都是人在耕地，前面两个人拉，后面一个扶。南城阳的人民非常贫苦，烧饭用牛粪，地下、田野、家园、马路都看不到一根草，我们在那里燃料是个大问题。不得已，我从南城阳到即墨买柴，在平常，一块现大洋要买100捆柴，可是今天我是一块大洋买了一小捆松枝，还是青青的，这样煮饭谁也烧不起。想来想去，我们为什么不买个小煤气炉呢？后来，我们买了煤气炉，走到哪里带到哪里，一个小炉子，一小桶柴油，只要没有风的地方就能点火，很方便。"

生活有困难可以临时想办法解决，并且苦中作乐，但是船却一直没有消息，让人望眼欲穿。

此时的青岛可谓山雨欲来。据《解放青岛大事记》中记载，1949年4月28日，毛泽东主席亲署电令，代表中国共产党正式要求美国太平洋第七舰队撤离青岛。与此同时，山东解放军数万大军，在许世友的指挥下，发起了青即战役，并于5月19日，全部结束了外围战，兵临青岛与即墨城下。

在大战即将打响的四月中上旬，爷爷和奶奶内心的焦虑与绝望可想而知。倘若在塘沽走不了，那结局再不济，也是在解放区，还有"北平和平解放，人人有功"这条护身符可以尝试拿来一用，可在即墨走不了，只有当俘虏一条路可选，此前的护身符不仅不再管用，而且还很可能被作为死不悔改的顽固分子而罪加一等。这样的后果，爷爷应该想到了，但无能为力，他只能再次把一家老小的命运交给老天爷了。

幸运的是，在这生死关头，上苍又一次眷顾了爷爷和奶奶，给了这两个年轻人一个机会。在南城阳的第12天，终于说有船经上海、福州到广州，他们可以上船了。奶奶清楚地记得，那条轮船名叫"大汉"号，可以载3000人，可是为了逃命，一下子挤了上万人上去。

在青岛上船的前一天，同行的每个人都买了山东大饼带在船上吃。当晚，他们一道赶往青岛，住在码头边的一个大铁房子里,因为人太多,每人只有一点容身之地,根本无法入睡。奶奶和爷爷分别抱着二叔和大姑,一夜未眠。

  我想象得出,那一夜,他们的眼睛一直在死死地盯着东方,盼望着那漆黑无边的暗夜,早一点露出黎明的曙光。

五十五

  第二天一大早,由于人多地方小,上船前被要求每个人的行李尽量精简,棉被棉衣之类的必须丢掉。只要人能逃出来就行,其他的没有什么不可以舍弃的,爷爷和奶奶当即就把随身携带了一路的破衣烂被统统扔在了岸边。

  上船后,爷爷一家的票位是在三层船舱下,那里空气非常稀薄。由于连续多天的紧张奔波,奶奶的身体本来就很弱,上船后就呕吐,起先还比较轻微,后来越来越厉害。和他们同行的一位连级军官魏先生的太太,也和奶奶一样,天天呕吐个不停,她想煮稀饭吃,可是什么炊具都没带。奶奶见状,慈心忍不住又发了,立刻把自己带来的一口小锅送给了他们煮稀饭。

  这艘"大汉号"满载着上万名逃难的旅客,从青岛码头开出后,沿着海岸线一路南下。也许是身体虚弱得没有了丝毫的力气,只得瘫卧在船铺上,此时的奶奶再也没有心情去留意周边的海景。她只依稀记得两个细节,一是爷爷跟魏先生在聊天,一是两个孩子吵嚷着要去小便,爷爷陪着他们跑上跑下的。

在海上漂泊了快一个月后，船终于到了上海。爷爷的老部下吕达要下船回四川，可身上已无分文，爷爷眼睛眨也不眨一下地对奶奶说："荣章，给吕达十块钱。"大难临头，连夫妻都有各自飞的，可爷爷和奶奶却一直怀揣着一颗仁慈之心，秉持着一股豪侠之气，不改初衷。

正因为如此，爷爷无论走到哪里，都会有一帮子生死弟兄，在他困顿的时候，愿意为他倾尽所能，在他危难的时刻，愿意为他两肋插刀，就连老天爷也被感化，让他们一次次逢凶化吉，遇难呈祥。

这是一次用命相赌的漫长之旅，更是一次不堪回首的悲惨经历。这船在上海一停就是几十天，今天说走没有走，明天说走还是没走，简直是对一船奔命者精神的无情摧残与肉体的痛苦折磨，让人无法忍受，几度崩溃。船为何不走，奶奶在书中没有交代，但是不远处上海上空不时传来的隆隆炮声，已然告诉了答案。

当奶奶他们在海上迎风破浪前进之时，整个陆地上的战事正在按照战争自身的规律和应有的进度，剧烈地变化着，直线地推进着，一刻也没有停止。按照当时奶奶一家的逃亡时间来看，从他们在青岛上船的那一刻开始，这场与时间的赛跑，就完全进入了快车道。

1949年4月20日晚，以李宗仁为首的南京临时政府拒绝在《国内和平协定》上签字，百万雄师迅即发起了渡江战役，并于 23 日占领南京，宣告了国民党在大陆的统治结束。而当爷爷奶奶好不容易抵达上海之时，第三野战大军也同步赶到，兵临城下，即将打响解放上海的战役。

据相关史料记载，此时的国民党上海淞沪警备司令部一方面加紧构筑防御工事，进行全面抵抗，一方面则发布海上戒严令，对水上交通实施严格的军事管制，除了军方舰船，其他一切船只一律不得驶入黄浦江，而正是这后一条措施确保了司令官汤恩伯在上海战役的最后时刻，得以率领着五万多嫡系人马从海上仓皇逃离。

很显然，奶奶他们所乘的这艘大船，按照正常的行驶路线，是应该停靠上海码头，在完成必要的补给后迅速南下的，但这突如其来的巨大变故，逼迫着它只能停泊在海面上，让人凭借着小船上下进出。它不是故意拖沓着不走，实在是迫于异常严峻的现实困境，难以在短时间内完成续航的所需补给。

奶奶说："船停在海中，离岸有 300 公尺，想下船透气，必须雇小船，很不方便。这一天有位太太，到上海市洗头洗澡回来，看到船在动。她拼命地跑，拼命地喊，希望船能等她一下。船怎么会那么仁慈地等她呢？她的丈夫和女儿在船上请求，她在海边呼喊着都无效，眼看希望破灭，就跳到海里去了，船上的丈夫和女儿也跟着跳海了，真是惨不忍睹。"

饱受了一路的磨难，却在最后关头，为了满足那点可怜的爱美诉求，而错过了开船的时间，酿成一家人愤而跳海自尽的悲剧，这一幕深深地刺痛了船上每一个人的心。但此时此刻，船上的乘客只能洒下几滴同情的眼泪，他们不知道，等待他们的，还有更加惨不忍睹的悲剧。

以前，奶奶从未见过虱子，到了上海后，因为天气渐热，不能洗澡，也无法换衣服，所以浑身生了许多的虱子。初见这个小虫子，奶奶还有点害羞，怕别人知道了笑话自己，但看到大家都有，也就不害羞了。

随着船离上海渐行渐远，奶奶的身体也越来越差，先开始是吐酸水，酸水吐完了吐苦水，苦水也吐不出来了，只剩下吐清水了。更加可怕的是奶奶一点食欲都没有，也很久没有大便，最后四天，竟然连小便也没了。

奶奶说："船在海上漂来漂去，时间太长了，人又太多，很多身体弱的，没有人照顾就死了，死了就直接丢到了海里。我因为有丈夫孩子，所以没有死。"

不知过了多久，这艘船终于漂到了福州马尾，且又是停在海中。爷爷对奶奶说："我们下船吧，再不下去，你真的要被丢到海里喂鱼了。你们在船上等我，我去找艘小船来接你们上岸。"他很快就找到了小船，回到大船把奶奶和儿女接上。

奶奶清楚地记得踏上小船的那一刻："正赶上涨潮，一个浪涌来，把小船打转了一圈。我们一家人，我抱着女儿，外子抱着儿子,一点儿也不慌张,因为一家人都在一起,无牵无挂。"

奶奶此时的镇定与悲壮,让人不由得想起了之前那相继跳海的一家人。

五十六

岸上没有码头,只是海边,也没看见有住户。此时天色已黑,小船也已走远,一家人正不知所措之时,奶奶突然看见远处有一盏灯。

爷爷说:"望灯走死马,谁知道那盏灯有多远呢?"说也奇怪,在船上不吃不喝,没有大小便,已经奄奄一息,可下了船后,奶奶在陆地上不仅解了小便,还可帮忙拿东西了。一家人跟跟跄跄摸黑走了20分钟,终于来到了那个有灯的地方。

但是灯亮着,人却找不着,等了好久才见人来,他们是当地卖鱼卖菜的。见了面,爷爷说明来意,主人非常同情地说:"现在往这里逃的人多得很,前两天楼上住的刚搬走,上面放的稻草,你们可以将就吧?没关系,我们不收钱的。"

爷爷一家总算有了一个暂时的安身之处。当晚,奶奶向主人家买了青菜、鱼和米,煮了一锅稀饭,自己也吃了一大碗稀饭,顿时感到身上有了力气。

第二天,是个有太阳的好天气。全家人换了干净的衣服,爷爷带着二叔去理发,奶奶则把衣服全都用水泡起来,先把自己和女儿的头，用肥皂洗了好几遍，然后向主人借了口熬猪食的大锅，把衣被全放进去煮。在身上生了多月的虱子，奶奶一天就彻底清除了。

生活上的问题难不倒奶奶，她发愁的是怎么走才能到台湾。这里不像在陆上，没有交通工具，靠两条腿也能管点用，要去台湾，没船那是万万不行的。为此，爷爷整天往外边跑，四处打探，可是每一次都是强打精神地一早出去，极其沮丧地很晚回来。

这一天爷爷又很早出了门，说是要到福州。福州与马尾相隔有40公里，来回走路需要整整一天的时间，奶奶很担忧爷爷的残腿受不了，可是不去又无别的办法，只能心疼而不安地望着爷爷一瘸一拐地消失在远方。

那天，爷爷深夜才回来，他顾不上一身的疲惫，一进门就说："找到台湾的通行证了，明天上午坐通信兵第八团的船去台湾！"这消息令一家人喜出望外，奶奶一整天的挂念与忐忑，总算有了回报。

第二天，一家人高高兴兴地花了一块现大洋雇了一艘小船，来到了通信兵第八团停泊在外海的那艘大船旁。

爷爷说明来意，小心翼翼地把那张通行证掏出来，递给船上的警卫人员，谁知对方上下看了一下后，厉声说这通行证是假的，并不容分说当场把证撕得粉碎，把他们已经递上船的行李也甩了下来。不得已，爷爷只好又花了一块大洋，一家人乘那只小船再次返回了岸上。

　　此时的奶奶真的彻底地绝望了。她那从不认命、更未屈服过的强大心脏，再也经不起这一次次无情的打击与命运的捉弄，她变得异常消沉，茫然不知所措。只有爷爷依旧天天到海边转，希望奇迹出现。

　　真不能全归结为爷爷和奶奶祸不单行，命途多舛，实在是现实所迫。在那个兵荒马乱、改朝换代的历史重大时刻，普通个体的力量都会显得极其渺小而微弱，他们任何的挣扎与抗争，往往都成为无奈的悲壮。

　　记得2014年12月，大陆公开上映了一部由两岸共同拍摄的电影，叫《太平轮》。这部真实再现1949年1月由上海逃亡台湾、夜航途中意外沉没、造成近千人死亡的灾难的大片，曾被称为是"中国版的《泰坦尼克号》"。它的上映在海峡两岸都产生了较大的轰动，并引发了当年什么人可以去台湾这个沉重的历史话题。

　　尽管对此有不同的看法，但是本着尊重历史的原则，我以为，1949年2月，时任台湾省政府主席陈诚颁布的《台湾省准许入境军公人员及旅客暂行办法》，应最权威，也较为全面。陈诚基于"防止共谍的潜入"与"预防人口过分增加，以减轻台民的负担"之考虑，除了军队，规定"暂准入境者"分别为"中央各机关派台工作人员及其眷属""中央各院部会及各省市政府，因公派员迁台者""工商人士"

等七类,他们凭借相关证明,填写"入台旅客登记表"后,可购票赴台。到台湾后,"于十日内向到达地区之主管户政机关及警察机关申请登记,否则得限令出境"。

由此可知,爷爷哪一条也不沾边。他虽为军人,但早已不在列编,而宁死不从地从北平出来,不仅不会让人对其忠诚高看一眼,反而还有可能因为来自解放区而被当成了"共谍"嫌犯。

爷爷因为得知了庞宗义在台湾而前去投奔,这个信息很及时,也绝对可靠。早在1948年,蒋介石就已经开始悄悄地把台湾定为了日后退守之地,同年12月底,他紧急电令心腹干将陈诚出任台湾省政府主席一职,具体负责实施这一战略运作,蒋介石退守台湾、"反攻大陆"的盘算已然不言自明。

这个信息爷爷作为低级军官自然不会知道,可在当时的政府高层、军中大员中却已是个公开的秘密,一些嗅觉灵敏之人闻风而动,迅速收拾起细软,携带着眷属,仓皇踏上了逃亡之路。据台湾省政府统计,仅1948年一年,由大陆前往台湾的人员竟有98580人,有人形容当时登岛的情景是"随波逐流,多如过江之鲫"。而1949年1月27日晚,从上海到基隆的"太平号"货轮发生沉没的惨案,就是这一历史情形最真实的写照。

国民政府尽管明确规定了七类人可以赴台,但就连其自己的五院十二部,"到台湾者通常不及原机关的十分之一人数","家眷未能随行者比比皆是"。因为除了军队及政府机关人员外,国民政府当时已无力组织其他人员的集体迁徙,由此造成人潮汹涌,一票难求。

著名画家张大千就生动地回忆过当时的情景:"原以为到了机场,就可飞离险境,哪有如此简单的事啊!一看机场堆的都是行李,外加等了一大堆扶老携幼的人。大家注意的是一位点名的军官,叫到谁的名字,谁就可以上飞机了,人人都在想自己的名字,盼望被叫出来的那份急盼神情,真是不好形容……"(见四川省社会科学院出版社1987年出版的《张大千年谱》一书,作者李永翘)

在这些赴台人中,军人所受到的限制最少,"军事机关及部队迁台者"不必登记、申请,只"必须将名称,或番号、主管姓名、人数、武器及任务、驻地等,事先通知警备总司令部备查"即可。但问题在于想去的社会人士太多,交通工具奇缺,于是便出现了通过关系搞到军方证件或者直接用假通行证混上军舰赴台的现象,而这又反过来催生了社会上制贩假证的生意空前火爆,一些不良之人借此大发战争横财。

爷爷逃命心切,哪里懂得这些江湖门道,他顾不上细想其中是否有诈,花大钱最终却买了个假证件,连带饱受一顿屈辱,真可谓喝口凉水都塞牙——倒霉透顶了。

必须坦率地说,去往台湾的这条生路,从一开始就不是为爷爷这类微不足道的小人物预备的,在国民党的整个布局考量中,他们就是一堆早已被遗弃的棋子,不足为念,更无暇顾及。即便是他们自己以命相搏,使出最后的一口气,挣扎着爬到了与这座孤岛近在咫尺的对岸,却依旧难以轻易地跨越那道浅浅的海峡。

五十七

那些日子,爷爷整天在海边转悠,不管烈日炎炎,也不管风雨凄凄,天天如此,就跟疯了一样。他不停地来回走着,不停地四处看着,海面上的一艘艘时而出现、时而消失的大船是唯一的希望,但它看似近在眼前,却远在天涯。

就这样过了十多天,有一天,突然有个人喊:"老孙,你怎么还没走啊?"

爷爷闻声一看,竟是自己抗战时期的同僚魏庆年,他垂头丧气地说:"老魏,你好,我们怕是走不了啦。"

魏庆年说:"那你走不走啊?"

爷爷说:"我没有船,想走走不了。"

魏庆年急切地说道:"走、走、走,我带你去见一个人,有船明天到台湾。去年他当团长,我当副团长,我请他把你们带到台湾绝对没问题,我带你去见他,不会有问题的。"说着拉上爷爷登上了海面上的一艘大船。

魏庆年找到团长,开门见山地说道:"老团长,我有一位生死之交的朋友孙彦波,要到台湾,请你把他们带到台湾,有问题吗?"

团长说："没有问题，只是委屈你要挂个副员的符号。"

爷爷大喜过望，立刻说道："没有关系，二等兵都可以。"

爷爷回到住处。欣喜若狂地说："章，你快去买吃的，带到船上吃，我们有船了！明天早上上船，八点钟开船到台湾！吃的多买一点，也不知道几天才能到台湾。"

奇迹竟然真的就这样毫无征兆地突然出现了。魏庆年是爷爷当年在陆军步校的同事，还是抗战部队的战友，奶奶对于这位自己未曾谋面的先生感激不尽，她在书中写道："魏庆年先生是我们一家的救命恩人。"

而这恩人竟是在异地他乡不期而遇，让奶奶爷爷连一点心理准备都没有，想来真是令人惊叹不已。这一路的悲喜交加，也在最后的关头达到了高潮，上演了一幕最神奇、最震撼也最悲壮的人生剧目。人们常说：人生如戏，而爷爷奶奶所经历的现实情节，却比任何戏剧化的创作都惊心动魄，也更悬念迭生。

当天，奶奶去买了一个月也吃不完的食物，结果第二天一早 8 点钟开船，11 点半就到了台湾，一切顺利得简直让人不敢相信。只是这趟仅需短短三个半小时的海上航行，当他们再要折返回来的时候，却花了整整 58 年的时间。2007 年早春，奶奶离开大陆后终于第一次也是唯一一次得以回家探亲，三个月后便溘然长逝，享年 82 岁。而爷爷则一辈子都不曾再跨过这道浅浅的海峡，回到生他养他的故土。

奶奶说："因为到台湾的通行证给通信兵第八团给撕掉了，我们没有通行证，就算私渡来台，怕再把我们送回大陆，所以当天我们上岸后就坐火车到凤山找庞宗义。结果庞宗义不在，我们只好住在旅社。凤山当天下起大雨，到了晚上厕所有成千上万的蜉蝣，把灯都遮黑了。小女儿害怕得大哭大叫，好勇敢的儿子抱着妹妹说：'别怕，哥哥在呢，你不要怕。'我好欣慰他会保护妹妹了。"

到达台湾的第二天，爷爷见了庞宗义，回来告诉奶奶说，工作慢慢来，明天是端午节，庞宗义提出请他们一家人去家里过节。

奶奶在书中描述了那天吃饭的情景。庞宗义是跟自己的老丈母娘住在一起的，他的那位岳母大人，对奶奶一家的到来很不欢迎，吃饭时没有菜，只有一碗冬瓜汤，里面加了几粒小虾米，没有看见一点油花。吃饭时，奶奶提到了庞太太在北平的事儿，他们好像并不关心，只有说到他的儿子小虎和小毛，庞宗义才精神一振，开始问长问短。

离开庞家回到旅社，爷爷问："晚上吃什么？"

奶奶说："我在马尾买了太多的面条，我们煮来吃吧。"

爷爷说："今天过节，我想吃小笼包，我们去吃好吗？"

奶奶说："所剩的现大洋不多了，只有十来块钱了。再说，这地方哪里有卖小笼包的啊？"

爷爷说："我刚才有看到一家小馆儿在卖，我们去吃小笼包。"

那晚，一家四口买了三笼小笼包，爷爷一个人吃了两笼，奶奶和二叔、大姑吃一笼，一家人吃得很愉快。这是爷爷和奶奶到台湾后过的第一个端午节。

我查了一下万年历，1949年的端午节是6月1日，以此推算，也就是说5月30日是奶奶他们到达基隆的准确日子，它标志着他们颠沛流离、枪林弹雨的内战日子正式结束，从此开启了落脚台湾后又一段不同寻常的苦难岁月。

而5月30日这一天，于他们一路上生死攸关的两个落脚点同样意义重大：三天前，即5月27日，上海宣告全城解放；而三天后，6月2日，青岛上空升起了红旗。

此时，爷爷36岁，奶奶刚满24岁，且又有了四个多月的身孕，身边的二叔五岁，大姑两岁多。而我惊讶地发现，1949年为农历己丑年，正是爷爷、奶奶他俩的本命之年。

更为令人称奇是，就在这年的端午节前后，远在万里之外的河北景县老孙家，也发生了一件极其重大的事情，它直接影响着爷爷在大陆一脉的香火延续与人丁兴旺。

历史就是这般，总是有着令人意想不到的巧合。

五十八

　　1949年春夏之交，当爷爷奶奶一家，踏上颠沛流离的逃亡之路时，景县南吴庄村里又迎来了一个如常的农耕季节。

　　16岁的父亲，跟着大自己四岁的媳妇，成了老孙家里里外外的壮劳力。结婚两年，对于母亲来讲，父亲最大的变化是个子长高了，也不再懵懂稚嫩，他开始慢慢地尝试着挑起整个家族的生活担子，并学会了地里的主要庄稼活儿，只是依旧沉默寡言，更加心事重重。

　　而对于三爷爷来说，周遭的变化则让他感到意外。他本想着不让父亲继续读书，自己能省下几个零花钱，张罗着给父亲提亲，给家里添一个肯吃苦又不爱吭声的壮劳力，自己可以继续享清闲少干活，谁知事态的发展压根儿就没有按照他的如意算盘来，结果更远非他所想象的那般称心如意。

　　这个比侄儿整整大四岁的侄媳妇进门之后，干起活儿来倒是干净利落，一年到头把心思全用在了地里和家务上，从不偷奸耍滑，更不知道个累。话呢，也不多，对曾祖父曾祖母恭敬孝顺，对守寡慈善的大婶子以礼相待，对自己呢，虽说不上热情，但也客客气气的，说得过去。可不知为何，三爷爷就是有点发怵，心里很是不踏实。

他猜不透这沉默寡言的侄媳妇心里究竟在想啥，尤其是怕见她的目光，那双不大的眼睛里，射过来的一束光亮，似乎能洞穿自己心里的小九九似的，让他很不自在，更不舒服，三爷爷似乎感到了一场暴风骤雨就要来临。

1947年冬天，老孙家一位名叫孙永光的族亲长辈，从外面回到了村里。这位比父亲只大八岁的年轻人，因为辈分大，而被父亲唤作爷爷。

抗日战争期间，这位族亲长辈也出去当了一名娃娃兵，不过跟爷爷不一样，他参加的这支队伍是共产党的八路军。在部队里，他得到了卫生所所长夫妇的喜爱与照顾，干起了战地医生的工作。他在内战初始的邯郸战役中不幸受伤，随后转业回乡养病。痊愈后，这位年轻的老革命被县里安排到王瞳乡谢瞳村的一家公私联营诊所做所长，成了四村八庄人人尊敬的一名"先生"。

永光先生的出现改变了父亲的命运。父亲经常去他家里探视照料，并听他讲部队的事情，外面那纷繁的大千世界，一下子又唤醒了年轻的父亲那颗濒死的心。

母亲至今都清楚地记得，1949年过端午节时，孙先生回村了，提出要带父亲跟他去诊所，做个拉抽屉抓药的学徒工。这从天而降的好事，让父亲简直不敢相信自己的耳朵，惊喜若狂。

尽管父亲柔弱文静，胆小怕事，做事说话一点也不像爷爷，但是他的血液中却流淌着爷爷不甘于农家的闭塞、渴望出去见世面的基因，他立刻觉得这是摆脱令人窒息的苦海、开启自由自在生活的一次重大机遇，千载难逢。

但是，三爷爷闻听，立刻一蹦三尺高，虎着脸一口就回绝了，豪横的态度让父亲再次崩溃。那位孙先生三番五次地做三爷爷和曾祖父的工作，依旧得不到三爷爷半点松口，眼见着这桩好事要黄了。

就在这时，一向不爱言语的母亲，突然站了出来："爷爷，叔，俺寻思吧得让振江去。这多好的事啊，别人想去还落不着，咱干吗不去？俺支持俺男人去。"那语气不紧不慢，却掷地有声，震得三爷爷耳朵根子一阵发麻，半天回不过神来。

过了半晌儿，三爷爷才气哼哼地说："他走了，这地谁管？家里老人谁伺候哩？！"母亲说："地里的活，你不干，俺干！家里的两个老人，你不管，俺伺候！"

这硬中带刺、直来直去的话，让三爷爷顿时恼羞成怒："啊，俺说不行就是不行！啊，俺在家里吃苦受累的，他振江倒好，年纪轻轻的就吃香的喝辣的，凭吗？他要是有了出息了，还不得又跟他爹一样忘了这个家？有吗好的！"三爷爷越说越来气，一指母亲，大声呵斥道："你一个小媳妇娘儿们家，给俺把嘴闭上！这家里还轮不到你说话，俺说不行就是不行，说死下也不行！"

母亲见三爷爷如此蛮横不讲理，也气坏了："叔，振江可是俺男人，你说碰到他的事，该谁说了算？！俺娘死得早，俺爹又不在家，这振江活得容易吗？你这当叔的，不说帮衬着点，这有了好事，还横竖阻挠着不同意，你究竟安的是什么心？俺爹要是哪天真的回家来，你说你这当弟的办这事儿，咋有脸见你哥呢？"

一席话噎得三爷爷说不出话，气急败坏之下伸手就要打，可一碰到母亲那犀利的目光，伸到半空中的手又缩了回去。他起身把门狠狠地一摔，骂骂咧咧地走了。

母亲回头对一旁看呆吓傻了的曾祖父曾祖母说："爷爷奶奶，不是俺不敬他三叔，你们可都看见了，他哪像个当叔的样儿啊！他不让振江念书，已经够不行人事儿的了，振江今天这事儿他还做得这么绝，凭吗要听他的？你们放心，振江走了不在家，俺伺候你们，要是伺候得不好，你们该打该骂俺都认，绝不说半句话！"

接着回到自家屋里，母亲对着一脸悲苦、唉声叹气的父亲说："这事，咱叔同意不同意，咱就是去定了。俺这就给你收拾铺盖，明天一早你带上跟永光爷爷走，旁的你吗也不用管啦！"

村里这位永光老人当年健在时，我曾多次见过，慈眉善目，精神矍铄。每每谈及这一幕，他都很感慨地说："金岭啊，这要说你妈这人吧，那可真是村里少有啊。别看她是个娘们家，平日里不吭气儿，可到大事上一点也不含糊，可比大老爷们敢作敢当的，说个话儿也赶上趟儿喽。当年端午节这件事，按理说吧，这都过去好多年了，咱不该再多说吗哩，可要不是你妈跟你三爷爷抬杠，凭你爸爸那小胆子儿，早就黄了，哪有你们一大家子现在这么好的光景啊！"

1949年端午节过后，父亲扛着铺盖卷儿，第一次离开南吴庄村，来到了离家十几里地远的卫生所里，当了一名拉抽屉抓药的学徒工。他聪明伶俐，勤快又识字，很受孙先生的喜欢。

1952年夏，孙先生到县城开会，得知山西铁路来景县招工，仅有两个指标，二话没说，当场就替父亲报了名，回头才告诉父亲准备应试。

父亲由于有卫生所工作的难得经历，算是见过场面的乡下年轻人，他果然不负众望，过五关斩六将，经过层层选拔，终于被录取到了山西铁路系统，从此鲤鱼跳龙门，成了阳泉车站一名真正吃公家饭的城里人。

而我们五个儿子，也由此从出生之日起，便自带城里人的光环，在南吴庄村里显得与众不同。

五十九

  在奶奶《熬到梅花扑鼻香》一书中，有关台湾的部分几乎占了一多半。在近60年异地他乡安身立命的漫长岁月里，没有再出现像抗战与内战期间那些惊心动魄、生离死别的苦难经历，平凡与艰辛构成了他们最本真的生活底色，生儿育女、哺育后代的成功让爷爷和奶奶备感欣慰，觉得不枉此生。

  到台湾不久，庞宗义就在54军291师127团帮爷爷谋了个团副的差事，爷爷后升到中校参谋。于是爷爷奶奶一家人又回到了军部所在地基隆的沙鹿小镇，并于1949年12月31日生下他们的第三个孩子，也就是我二姑孙镇海。

  1950年1月，奶奶随爷爷的部队换防移居到新竹，同年5月再次搬家到花莲。1952年在花莲，他们又添了一个儿子，即我三叔孙镇球。

  这期间由于没有其他的经济来源，只靠爷爷在部队每月120块钱的微薄薪水过活，一家大小六口人常常吃了上顿没下顿，生活非常拮据。这年年底，爷爷随部队调防到台东，一家人又过起了聚少离多的日子，此时奶奶的眷粮也断了，日子过得越发艰苦。

一天，爷爷从台东回来了，对奶奶说："我不干军人了，下来当老百姓。为国家拼命了20多年，打日本鬼子赔了半条腿，现在又干得这么辛苦，连全家人的温饱不能顾，太叫人伤心了。再说，我一个伤残之身，赖在部队还有什么出息？到头来连儿女的温饱，我都办不到，我还有什么资格当他们的爸爸呢？我不相信，凭我这样能吃苦耐劳又勤奋的人，会养活不了一家人。"

　　1954年春，爷爷在台东的军医院做了腿部手术，取出了那颗跟随着他走了大半个中国、经历了一场残酷内战的子弹头。出院后爷爷办了转业手续，一家人最终落脚台东县，靠养鸡种地种树维系生计。

　　有一次，爷爷和奶奶到山上割草，奶奶说："我可能又怀孕了，快三个月了。"爷爷便说："现在我没有以前那样怕你生孩子了，而且还有一种喜悦感。因为我们在台湾没有亲人，孩子就是我们的亲人，多一个孩子就多一个亲人，只要我们努力工作，我们会有能力把孩子教养长大，成为有用的人的。"

　　这个又来报到的是我的三姑孙镇华，几年后四姑孙镇瑜也来到了世间。

　　爷爷和奶奶一直在台东的大山脚下、大海旁边，靠着养鸡换来的辛苦钱，靠种地打下的糊口粮，供养着两个叔叔、四个姑姑读书长大，成家立业。叔叔姑姑们都很争气，他们怀揣着父母的希冀与嘱托，走出大山，经商做企业，留洋搞学问，一个个在自己喜欢的领域勤勉努力，不敢懈怠，让爷爷奶奶的晚年备感幸福，引以为傲。只是他们以及他们的后代没有一个是选择从政做官的。

2013年10月，爷爷去世十周年、奶奶走后五周年之际，我第一次踏上宝岛台湾，到爷爷奶奶的墓地祭奠，并到他们生活了几十年的台东成功镇拔边路老屋住了一晚。那座宅子依旧保持着他们离世前的老样子，房前屋后种满了花草树木，蔚蓝色的大海就在不远处拍打着礁石，泛起一道道白色的浪花。

也快古稀之年的二叔孙镇川告诉我说："从小你爷爷奶奶就告诉我们，长大以后你们干什么都行，就是不能当官。"

我笑着问："爷爷年轻时，那可是意气风发，渴望着一身才华能够得到施展，可惜命途多舛、时运不济，他没有完成的夙愿，为什么不让子孙们来实现呢？"

二叔望着浩瀚无垠的海面，幽幽地说："你还是不了解你奶奶，她这个人最不喜欢做官了。她一直对我们说，做好官，做老百姓喜欢的官，那他的薪水只够买柴买水，甚至还有可能吃不饱、穿不暖。做坏官，那就是贪官污吏，倒是可以升官发财，但伤天害理，对不起祖宗父母，也对不起黎民百姓。所以，她一直对我们说，干什么都比做官好，照样能闯出一番事业。"

六十

  父亲这一辈子最大的痛苦和遗憾,就是没有在自己成长的过程中,接受爹娘的亲自教诲,哪怕是训斥与打骂。从小失去双亲的父亲,只能通过不停地揣摩别人的心思,不断地迎合别人的好恶,去感知这个世间的冷暖与人际的亲疏,并在一次次自我磨砺与救赎中,尝试着完成爹娘冥冥之中所赋予他的重要使命。

  听村里那位永光老人说,父亲的招工进程同样一波三折,很不顺利。三爷爷得知父亲要去参加招工,又大吵大闹了一场,算是彻底跟母亲翻了脸。但母亲自有主见,根本不理会他那一套,全力以赴地支持父亲走出去闯事业。她本能地知道,南吴庄村不属于自己的男人,外面那个遥远而神秘的世界一定很美很精彩,他在那里才能活出个男人样儿。

  三爷爷机关算尽,万万没有想到,他亲手给父亲挑选的这个侄儿媳妇子,竟然会成为自己的死对头。三爷爷跟母亲无理取闹,母亲二话不说,拉着他就到了街上,请大家伙儿给评评理,让他在村里丢人现眼。他威胁曾祖父要闹分家,母亲依旧默不作声,第二天见了面就要他交钥匙,让他在自家院里也威信扫地，再也不敢提分家的话。

母亲说，这一辈子算是跟他"三剩子"杠上了，而很让她引以为傲的是三爷爷虽恨死了母亲，却一点办法都没有，照了面只能装作没看见，一句话也不说。

母亲更能沉得住气，该下地下地，该做饭做饭，打下粮食了，拾掇好给三叔扛到屋里去，做好饭菜了，给三婶子盛一碗端过去，就跟没事人似的，一点也没放在心上，俨然当这个人不存在。即便是20世纪八九十年代，母亲每次从阳泉城里风风光光地回南吴庄村探亲，照样买上二斤槽子糕，让我给她缠斗了大半辈子的对头送去，羞愧得三爷爷恨不得有个地缝钻进去。

母亲虽跟俺祖母一样，大字不识一个，但却不像俺祖母那样忍气吞声，任人宰割，她虽没有奶奶那样的格局与美丽，但却跟奶奶一样有着过人的毅力和胆识。她成了爷爷留在大陆这支骨肉血脉的精神支撑，并在艰难困苦的岁月中，帮着父亲完成了孝敬长辈、养老送终与传宗接代、育儿成才的两大家族使命。

1995年秋，母亲第一次也是唯一一次跟着父亲到台湾探亲。当第一次见到自己的公公和婆婆时，她的腰杆挺得很直，也底气十足。爷爷说："你们这么多年真是不容易啊，我孙彦波做梦都没有想到，在大陆还有这么多的孙子和重孙子，而且一个个都有自己的事业！唉，人生生死死活这一辈子呀,不就是图个子孙满堂吗?"

这话让旁边的父亲闻之一震,心里不由得想哭。

2008年清明节成为法定假日。这天,一直罹患抑郁症的父亲显得异常亢奋,他专程领着母亲提前回了一趟南吴庄村,并要求我们五个儿子,清明无论如何也要赶回去,口气异常严厉。

那天,兄弟们拖家带口、浩浩荡荡地聚集到南吴庄村老孙家的宅院时,父亲才说:"这次大老远地叫你们都赶回来,没别的,就是上坟。俺娘走得早,算下来都62年了,现在你爷爷走了,你台湾的奶奶也不在了,我和你妈商量好了,不能再让俺娘做孤魂野鬼了,所以请人把咱家的老坟地清理了一下,顺便给他们刻了个碑,你们一起帮着立起来吧……"

父亲尽量想把话说得平和些,但两行老泪早已忍不住,夺眶而出。

2009年夏,60多岁的二叔带着台湾的姑姑们,第一次回河北景县南吴庄村寻根祭祖,父亲听说后,既兴奋又担心。他生怕弟妹们见到碑文上有个陌生女性的名字与父亲并列而心里不舒服,一路上忐忑不安,欲言又止。

我把父亲的疑虑讲给了叔叔姑姑们,他们听了非常坦然,反而宽慰父亲道:"大哥,你做得没错呀。那都是历史造成的悲剧,过去的谁也改变不了的,我们得承认这个现实。你在咱老家给爸爸大妈立了碑,也让我们弟妹来大陆有了祭奠的去处，感谢你还感谢不过来呢。别想那么多啦，咱都好好过咱老孙家的幸福日子，比什么都重要，这也是爸爸妈妈所希望的呢。你看，现在两边开通了直航，方便得很，爸爸和妈妈还等着你到台东，清明领着我们一起去祭奠他们呢！"

然而，多病的父亲从此状况越来越差，虚弱的身体已经让他无力实现这个心中最大的愿望。2012年10月13日，父亲溘然长逝，随自己的父母而去，享年80岁整。父亲去世后，我们儿子们遵嘱把墓地选在了山西阳泉，那是他生活了大半辈子的地方。

而今每年清明前，我都会提前跟台湾的叔叔姑姑们通话，拜托他们替大陆的子孙在爷爷奶奶的墓前叩首祭拜，姑姑叔叔们也会叮嘱我们兄弟们代他们给父亲烧香，且一定要说出他们各自的名字。清明节当天，两岸的亲人会一道祭祖，慎终思远，互诉衷肠。那一刻，在亲人们的心里，景县、阳泉、台东的三处青冢，合起来就是一部家书，萋萋芳草摇曳着孙家不绝如缕的凄楚往事，堆堆黄土埋藏了祖辈如泣如诉的悲欢离合。

日月轮回，升升落落中自有天道，暗夜过后一定会朝霞满天。生命不息，岁月如歌，浩浩汤汤中薪火相传，拂去尘埃，才见血浓于水的深情。

2020年3月初稿
2022年6月修改